DIDIER DAENINCKX

MEURTRES POUR MÉMOIRE

ILLUSTRÉ PAR JEANNE PUCHOL

FuturopolisGallimard

TEXTE INTÉGRAL

Pour Jocelyne
et Aurélie

En oubliant le passé,
on se condamne à le revivre.

CHAPITRE PREMIER

SAÏD MILACHE

La pluie se mit à tomber vers quatre heures. Saïd Milache s'approcha du bac d'essence afin de faire disparaître l'encre bleue qui maculait ses mains. Le receveur, un jeune rouquin qui avait déjà son ordre de mobilisation en poche, le remplaçait à la marge de l'Heidelberg.

Raymond, le conducteur de la machine, s'était contenté de ralentir la vitesse d'impression et il revenait maintenant à la cadence initiale. Les affiches s'empilaient régulièrement sur la palette, rythmées par le bruit sec que faisaient les pinces en s'ouvrant. De temps à autre Raymond saisissait une feuille, la pliait, vérifiait le repérage puis il glissait son pouce sur les aplats pour s'assurer de la qualité de l'encrage.

Saïd Milache l'observa un moment et se décida à lui demander l'une des affiches de contrôle. Il s'habilla rapidement et sortit de l'atelier. Le gardien faisait les cent pas devant la grille. Saïd lui tendit l'autorisation d'absence obtenue le matin en prétextant la maladie d'un proche. Trois motifs en moins de dix jours ! Il était temps que cela se termine.

Le gardien prit le papier et le mit dans sa poche.

— Eh bien Saïd, on dirait que tu les fabriques ! Si ça continue tu n'auras même plus besoin de venir jusqu'ici, tu enverras tes bons de sortie par la poste !

Il se contraignit à sourire. Les relations avec ses compagnons de travail restaient amicales tant qu'il s'efforçait de fermer son esprit à leurs incessantes remarques.

Lounès l'attendait plus haut, au coin du passage Albinel. Il lui fallait traverser le canal Saint-Denis et longer les cabanes de bois et de tôle qui avaient envahi les berges. Le pont faisait une bosse, et par temps clair, on voyait le Sacré-Cœur en entier, derrière l'énorme cheminée en brique rouge de Saint-Gobain. Il ralentissait et s'amusait à bouger la tête pour placer la Basilique sur les collines de soufre entreposées dans l'enceinte de l'usine. Pour y parvenir, il se baissait parfois sans se soucier de l'étonnement des passants. En contrebas, sur le quai, une grue extrayait des profondeurs d'une péniche des blocs de métal qu'un Fenwick emmenait aussitôt vers les hangars de Prosilor.

Il traversa l'avenue Adrien-Agnès pour s'enfoncer dans le quadrillage serré du bidonville. Quelques Français occupaient encore les maisons situées en périphérie. Deux vieilles femmes, de larges cabas de toile cirée à la main, discutaient à voix haute des mérites comparés de l'huile Dulcine et de la margarine Planta. Le café-épicerie du Breton était vide hormis un jeune garçon qui jouait au flipper.

Chez Rosa, Chez Marius, Café de la Justice, L'Amuse-Gueule, Le Bar du Gaz. Les cafés, restaurants, hôtels, plus misérables les uns que les autres, se succédaient maintenant. Au fil des années les propriétaires avaient revendu leur affaire à des Algériens et ceux-ci conservaient l'enseigne d'origine.

Seule exception, le Djurdjura, dernier commerce arabe avant le quartier espagnol. Saïd poussa la porte vitrée et s'avança dans la vaste salle. L'odeur habituelle, mélange de sciure et d'humidité, montait du parquet désinfecté à l'eau de Javel. Une dizaine d'hommes, groupés sur les chaises entourant le poêle à charbon, observaient deux joueurs de dominos.

Saïd s'accouda au bar sans que personne ne prête attention à lui.

— Lounès est arrivé ?

Le patron fit signe que non et lui servit un café.

Par la vitre Saïd pouvait voir une bâtisse imposante, la plus importante du quartier en dehors des usines. À la vérité, seul un campanile équipé de trois cloches signalait qu'il ne s'agissait pas d'un atelier supplémentaire. Il n'avait franchi qu'une seule fois le seuil de la mission Santa Teresa de Jésus, invité au mariage d'un compagnon de travail catalan.

Le carillon de la porte d'entrée fut couvert par le claquement des dominos sur la table de formica.

— Salut Saïd. Je suis en retard, le patron ne voulait pas me laisser sortir...

Saïd se retourna et posa une main sur l'épaule de Lounès.

— L'essentiel, c'est que tu sois là. Passons dans le bureau, il nous reste à peine une heure.

Ils se trouvaient à présent dans une pièce minuscule encombrée de caisses, de bouteilles. Sur une table, des piles de papiers, de factures entouraient un téléphone noir.

Saïd décrocha un tableau publicitaire offert par les vins Picardy. Il fit glisser le cadre ; avec d'infinies précautions, il tira une feuille dissimulée entre le carton de protection et la reproduction. Lounès s'était installé au bureau.

— Tu as vu, Reims ne tiendra pas le coup. Je suis certain qu'ils se feront avoir avant la fin du championnat. Trois à un contre Sedan ! Encore un match comme ça et Lens prend la tête.

— Nous avons des choses plus sérieuses à faire que de parler football. Téléphone aux quinze chefs de groupe. Dis-leur simplement « rex », ils comprendront. Pendant ce temps je passe voir les responsables du secteur. Rejoins-moi devant « Pigmy-Radio » avec la voiture d'ici trois quarts d'heure. N'oublie pas de remettre la liste à sa place.

Saïd et Lounès garèrent la Quatre Chevaux à la Villette, boulevard Mac-Donald, juste après l'arrêt du P.C. puis ils se dirigèrent vers la bouche du métro. Un vent glacé dispersait les feuilles mortes ; il ne fallut que quelques instants à la pluie fine et serrée pour traverser le tissu mince de leurs vestes. La caserne des Gardes Mobiles semblait calme bien que le parc de stationnement fût entièrement occupé par les Berliet bleus des Compagnies Républicaines de Sécurité.

Une rame quittait la station. Le poinçonneur les fit patienter un instant avant de perforer leurs tickets. Lounès se dirigea vers le plan du réseau et pointa du doigt la station Bonne-Nouvelle.

— On peut changer à Gare de l'Est puis à Strasbourg-Saint-Denis. Ou alors, Chaussée d'Antin direct ?

— Par Chaussée d'Antin. Ça paraît plus long mais nous n'aurons qu'un seul changement. Nous y serons plus rapidement.

À chacun de ses arrêts, le métro se remplissait d'Algériens. À Stalingrad, il était bondé ; les rares Européens se lançaient des regards angoissés. Saïd souriait. Il se rappela brusquement l'affiche qu'il avait réclamée à Raymond avant de quitter l'imprimerie. Il la sortit de sa poche, la déplia avec soin avant de la montrer à Lounès.

— Regarde un peu ce que je tourne sur ma machine depuis deux jours !

Au-dessus d'une photo de Giani Esposito et de Betty Schneider un court texte présentait le premier film de Jacques Rivette dont le titre s'étalait en caractères bleus sur toute la largeur de la feuille : « PARIS NOUS APPARTIENT. »

— Tu te rends compte, Lounès, Paris nous appartient.

— Pour un soir... Si cela ne tenait qu'à moi, je leur laisserais bien Paris.

Paris et tout le reste, pour un petit village du Hodna.

— Je me doute de son nom…

— Alors dis-le !

Saïd devint grave.

— Ne t'en fais pas, si nous sommes là ce soir, c'est pour avoir le droit de devenir vieux à Djebel Refaa.

À dix-neuf heures vingt-cinq, le mardi 17 octobre 1961, Saïd Milache et Lounès Tougourd montaient les marches du métro Bonne-Nouvelle. Au Grand Rex on jouait *Les Canons de Navarone* ; plusieurs centaines de Parisiens attendaient, en ordre, la séance de vingt heures.

ROGER THIRAUD

Ce n'était pas uniquement le Moyen Âge qui pesait sur la classe et lui donnait cette atmosphère languissante. Les premiers froids et la pluie qui assombrissaient la vieille bâtisse y étaient pour beaucoup, ainsi que le repas trop consistant pris au réfectoire du lycée.

Au début du cours, Roger Thiraud se demandait avec inquiétude s'il ne fallait pas chercher l'origine de cette léthargie dans l'orientation donnée à sa leçon. Depuis que sa femme était enceinte, il se passionnait pour l'histoire de l'enfance et introduisait de fréquentes réflexions sur ce sujet, dans ses exposés.

Qui s'est jamais soucié de la condition du nourrisson au XIIIe siècle ? Personne ! Pourtant, il lui semblait que ce type de recherche valait bien celles menées par des dizaines d'éminents spécialistes, sur des événements aussi décisifs que la circulation des pièces de bronze dans le Bassin aquitain, ou l'évolution de la hallebarde en Bas-Poitou.

Il toussa et reprit.

— … Après la période d'allaitement naturel (il n'osait pas dire « au sein » devant ses élèves), il n'était pas rare au XIIIe siècle de voir la nourrice, dès que le bébé perçait des dents, mastiquer la nourriture avant de la glisser dans la bouche de l'enfant.

Les vingt-deux élèves se réveillèrent d'un coup et manifestèrent bruyamment leur dégoût de mœurs aussi répugnantes. Roger Thiraud les laissa se détendre, puis il

frappa le tableau de l'extrémité de sa règle.

— Hubert, approchez-vous. Montez sur l'estrade et inscrivez les titres des ouvrages suivants, que vous devrez tous, et je dis bien tous, consulter à la bibliothèque du Lycée. Premièrement *De proprietatibus rerum* de Barthelemy l'Anglais, chapitre six ; cela aura l'avantage de vous familiariser encore plus avec la langue latine. Deuxièmement les *Confessions* de Guibert de Nogent. Le cours est terminé. Nous nous reverrons vendredi à quinze heures.

La salle se vida à l'exception d'un jeune garçon qui recevait deux fois la semaine une leçon particulière de latin. L'adolescent habitait place du Caire ; ils avaient pris l'habitude de remonter ensemble le faubourg Poissonnière en parlant des événements de la journée. Avant d'arriver aux boulevards, Roger Thiraud prétexta une course chez un traiteur pour quitter le jeune garçon. Il s'engagea dans la rue Bergère, fit rapidement le tour du pâté de maisons qui abrite l'immeuble du journal l'*Humanité* et se retrouva sur le boulevard. Il observa, deux cents mètres plus haut, son élève qui traversait en courant au milieu du flot des voitures. Il marcha dans cette direction avant de s'arrêter à la devanture du Midi-Minuit. Il entra furtivement dans le hall, paya sa place et pénétra dans la salle noire. Il tendit son ticket à l'ouvreuse ainsi qu'une pièce de vingt centimes. Le film était commencé ; il lui faudrait attendre le début de la séance suivante pour en connaître le titre.

Chaque semaine, le mardi ou le mercredi, ces deux heures de rêve récompensaient l'effort intense qu'il accomplissait pour sauter le pas et s'asseoir dans ce lieu de perdition. Pour ne pas leur ressembler !

Il s'imaginait sans peine l'indignation de ses collègues apprenant que M. Thiraud — vous savez, ce jeune professeur de latin et d'histoire dont la femme attend un enfant — fréquentait les cinémas où l'on projette des films indignes d'un esprit scientifique.

Comment leur expliquer sa passion pour le fantastique ? Aucun d'eux ne lisait Lovecraft ! À peine s'ils connaissaient Edgar Poe. Alors, Boris Karloff et Donna Lee dans *Le Récupérateur de cadavres…* Le film durait à peine une heure et quart ; il sortit de la salle avec, en tête, le nom du réalisateur. Wise, Robert Wise. Un cinéaste à retenir.

Il hésita entre le « Tabac du Matin » et le self-service situé au rez-de-chaussée de l'*Humanité*. On pouvait y prendre un café, l'emporter à une table sur un plateau et tout en dégustant le liquide brûlant, s'amuser à reconnaître au passage les grandes signatures du journal, les plus illustres figures du Parti communiste. Thorez, Duclos, même Aragon venaient ici se restaurer entre deux réunions ou attendre que leur article arrive au marbre.

Ce soir malheureusement, il avait trop traîné ; il se contenta d'une consommation au comptoir du Tabac. *Le Monde* titrait sur les difficultés du traité franco-allemand et les rumeurs insistantes qui circulaient dans les couloirs du vingt-deuxième Congrès, là-bas, à Moscou.

Avant de traverser le boulevard Bonne-Nouvelle sous la guirlande lumineuse du Rex annonçant la Féerie des Eaux, il acheta un bouquet de mimosa et deux pâtisseries. Il songea au jour où il en faudrait trois et sourit. Tout à ses pensées, il faillit être accroché par deux jeunes gens, un garçon et une fille, juchés sur une mobylette orange.

Il lui restait à grimper les quinze marches de la rue Notre-Dame-de-Bonne-Nouvelle pour se retrouver chez lui. Il regarda machinalement vers le métro, ainsi qu'il faisait quelques années auparavant en attendant Muriel. Deux Algériens, le col relevé pour s'abriter du vent, apparurent au même instant. La montre de Roger Thiraud marquait dix-neuf heures vingt-cinq, le mardi 17 octobre 1961.

KAÏRA GUELANINE

Les deux moutons reculèrent, effrayés, lorsque la motocyclette quitta le chemin et vint s'immobiliser au bord du terrain qui leur servait de pâture. Aounit maintenait le ralenti en relançant le moteur de temps à autre. Il porta l'index et le majeur de sa main libre à la bouche, siffla longuement, puis il fit signe au jeune garçon de venir près de lui.

— Il faut que tu rentres tout de suite, papa a besoin de toi à la boutique.

— Et mes moutons ?

— N'aie pas peur, ils ne partiront pas ! Que veux-tu qu'ils fassent… qu'ils se jettent dans la Seine ? Allez, monte derrière moi.

L'enfant s'installa sur le siège de la Flandria, bloqua le rebord de ses talons sur les boulons du moyeu de la roue motrice et agrippa fermement l'armature de la selle. Aounit conduisait vite. Il faisait de brusques écarts pour éviter les mares d'eau, les plaques de boue. On aurait pu croire que toute son attention était mobilisée mais il trouvait le moyen de parler avec son frère.

— Ce soir je vais à Paris, avec Kaïra. Ça tombe mal, il reste trois bêtes à préparer pour le mariage du fils Latrèche. Tu n'as pas d'école demain ?

— Non, l'instit est malade et tu sais, le mardi soir j'ai mon match. En plus, on rencontre l'équipe de l'avenue de la République.

— Sur le terrain du cimetière des Vieux ?

— Non, aux Hirondelles. En plus, ils jouent à domicile ! Ça va pas être facile. Si je ne viens pas, ils mettront le gars d'El Oued dans les buts, pour me remplacer. C'est une vraie couscoussière.

— On dit une passoire en français.

— Et El Oued, tu crois que c'est français !

La mobylette s'engagea sur le chemin de halage à hauteur de l'Île Fleurie pour contourner les entrepôts des Papeteries Réunies. Un brouillard froid mêlé de pluie commençait à tomber ; il enveloppait déjà les éléments supérieurs de l'usine à gaz.

Ils entrèrent en trombe dans le bidonville par la rue des Prés. Les pétarades du moteur deux temps attirèrent vers eux une nuée de gamins dont chacun avait une seule idée en tête : monter à l'arrière de l'engin. Aounit ralentit et se dirigea vers l'une des rares baraques de ciment. Un homme portait sur l'épaule un mouton écorché. Du pied, il ouvrit la porte où figuraient, tracées à la craie, les lettres majuscules du mot BOUCHERIE. La fenêtre de la maison faisait office de comptoir ; deux clients attendaient dans la rue, que le commerçant les serve. À côté, des hommes s'affairaient à colmater le toit d'une masure en clouant, aux jointures des planches, des bandes de caoutchouc prélevées sur des pneus usagés.

Aounit entra dans la boutique en poussant sa Flandria, traversa la pièce et déboucha dans la cour intérieure. Cela faisait cinq ans que son père avait acheté, pour 300 000 anciens francs, la baraque 247 à une famille de Gèmar qui retournait au pays. À cette époque, en 1956, ils ne disposaient que de trois pièces et de la cour. La boutique, la chambre des parents où dormaient également les plus jeunes enfants et la chambre qu'il partageait avec son frère et Kaïra. Par la suite, son père et lui avaient bâti deux autres pièces, ce qui permettait à sa sœur aînée d'être plus indépendante.

Kaïra l'attendait dans la cour. Elle ne ressemblait pas aux autres jeunes femmes du bidonville. À vingt-cinq ans, toutes ses amies étaient mariées depuis des années et traînaient derrière elles une armée de marmots. Cette cour, ou une autre toute semblable, constituait leur seul univers avec le Prisunic de Nanterre. Un horizon de terrains vagues coincés entre les usines et la Seine, à dix minutes d'autobus des Champs-Élysées ! Kaïra connaissait des femmes dont le dernier pas en dehors du bidonville remontait à deux, voire trois ans.

Sa mère était ainsi. Le jour de sa mort, Kaïra s'était juré de ne pas être une simple

hypothèse de femme. Elle s'occupait de ses frères et sœurs, de tout ce que nécessite la vie quotidienne de six personnes. Les achats, la cuisine, le contrôle des leçons, le ménage, l'entretien des vêtements, l'approvisionnement en bois, en charbon ; et par-dessus tout, la corvée d'eau. Ces seaux qu'il fallait remplir hiver comme été à la fontaine de la place, entreposer dans la cour pour la cuisine, la lessive, la toilette, la boutique...

Elle se tenait à son serment et, en contrepartie de cette soumission acceptée au bonheur des siens, elle se libérait, insensiblement, du fardeau des traditions. Cette lente évolution était marquée, aux yeux du voisinage, par de soudaines audaces inimaginables de la part d'une « véritable femme algérienne ».

Kaïra se souvenait du premier matin où, tremblante, elle avait osé sortir en pantalon. Pas un blue jean comme en portaient ses frères mais un tergal, ample, qui masquait ses formes aussi bien qu'une robe. Personne ne s'était permis de réflexion à voix haute sur son passage, à peine quelques sourires vite effacés par son regard fixe. Elle ne ménageait pas sa fierté ; elle aurait préféré mourir plutôt que d'avouer s'être entraînée des semaines entières à la maison, avant d'affronter le jugement des autres.

Elle s'avança vers son frère, un verre à la main.

— Tiens, bois, c'est de l'orangeade. Alors, tu te décides à venir avec nous ?

— Je me tiens à ce que je t'ai dit. Je veux bien t'accompagner jusqu'à ton rendez-vous et je file au Club le plus vite possible. Ce soir il y a Les Chats sauvages qui passent dans l'émission d'Albert Reisner. Ce qui est sûr, c'est que je louperai le début.

— Si ça t'embête de m'emmener, je prendrai le bus et le métro.

Aounit passa ses bras autour des épaules de Kaïra, l'embrassa doucement sur la joue.

— Tu es drôlement susceptible dès qu'on parle de ton amoureux...

Elle se dégagea vivement de l'étreinte et se réfugia dans la cuisine.

— Pense ce qu'il te plaît ! Pour être à Paris à sept heures et demie avec les transports en commun il faudrait partir tout de suite. Je dois encore rencontrer les gens des autres quartiers de Nanterre. Sans même parler de ça, le couscous n'est pas prêt ; ce n'est pas toi qui t'occuperas de donner à manger aux petits.

— Oublie ce que j'ai dit, je voulais simplement te taquiner. À quelle heure ça doit se terminer ?

— Je ne sais pas, dix ou onze heures, mais ne t'inquiète pas, Saïd et Lounès me ramèneront à la maison. Ils se sont mis d'accord avec un de leurs amis qui habite rue

de la Garenne, près des ateliers de Simca. Demain matin ils descendront à la porte Maillot, ils prendront le P.C. jusqu'à la Villette. Lounès a laissé sa voiture tout près de là.

— Ce serait plus simple que vous alliez tous ensemble, cette nuit, reprendre la voiture. Ça leur éviterait de déranger le gars de la Garenne.

— Tu as peut-être raison mais nous avons des consignes. Nous serons beaucoup plus en sécurité dans le métro que dans une voiture après la surprise qu'on leur prépare !

Tout en parlant Kaïra malaxait le couscous et cassait entre ses doigts les grumeaux de semoule. À l'aide d'une cuillère elle déposa quelques œufs dans une casserole d'eau bouillante, puis mit la table pour les enfants. Elle sortit trois yaourts Vitho du garde-manger grillagé suspendu au mur.

— Tu diras au père que tout est prêt.

Elle quitta la maison et dans la rue, salua les clients de son père. Elle se dirigea vers les maisons de la Compagnie des Eaux. C'est là que logeaient les premiers habitants du bidonville. La Compagnie, on ne sait pour quelle obscure raison, avait laissé ce terrain en friche en abandonnant à leur sort quatre pavillons rudimentaires, des sortes de grosses boîtes rectangulaires en brique rouge. Plusieurs familles s'y étaient installées, avaient agrandi leurs logements en édifiant un étage au moyen de tôles et de planches. Au fil des mois et des années d'autres familles les avaient rejointes et, aujourd'hui, les pavillons formaient le centre et le point culminant d'une agglomération de huttes, de gourbis où vivaient cinq mille personnes : le bidonville des Prés.

Avant de monter à l'étage, Kaïra frotta une allumette et éclaira les marches disjointes. Trois femmes et un homme l'attendaient dans une pièce sommairement meublée. Ils se levèrent à son entrée, portèrent chacun leur tour la main au cœur et au front après l'avoir saluée.

— Nous disposons de peu de temps, alors écoutez bien. Notre objectif c'est en premier lieu, le pont de Neuilly. Vous avez rendez-vous à huit heures moins cinq avec ceux de Bezons, Sartrouville et Puteaux sur le quai De-Dion-Bouton, en face des jardins Lebaudy. Les gens de Colombes, Courbevoie et Asnières seront de l'autre côté du pont, sur le quai Paul-Doumer, à la hauteur de l'île de la Grande-Jatte. Pour vous rendre à Neuilly, vous devez passer par Puteaux en évitant les principaux axes. Surtout faites attention à ne pas approcher du Mont Valérien, c'est plein de flics. À mon avis l'itinéraire le plus sûr c'est la rue Carnot et les Bas-Rogers, vers l'ancien cimetière. Arrivés là, vous attendez sans bruit qu'il soit huit heures moins cinq et vous grimpez sur le pont de Neuilly. Kémal et ses hommes seront sur place, ils vous

indiqueront ce qui a été décidé.

Elle se leva, mais l'homme la retint par la manche de son tricot.

— Kaïra, tu peux nous le dire, maintenant ça n'a plus d'importance. Alors, on descend où ? Sur les Champs-Élysées ?

— Qui sait ? Nous allons peut-être débaptiser la place de l'Étoile et l'appeler place du Croissant-et-de-l'Étoile !

Aounit patientait au bout de la rue. Elle parvint à sa hauteur en courant du bout des pieds sans toujours réussir à éviter les flaques d'eau et de boue. Elle serra un foulard sur ses cheveux, s'installa sur la mobylette derrière son frère et s'accrocha à sa taille. Ils traversèrent les rues de Nanterre vidées par la pluie. Au passage, elle reconnut l'usine de sable avec son tapis élévateur et bien après les jardins ouvriers, le château d'eau juché sur ses quatre pieds de béton. Trois jours auparavant, une équipe venue de la cité de transit avait osé, en plein jour, escalader l'édifice pour ajouter aux trois lettres peintes en blanc O.A.S. le I et le S qui faisaient de la réserve d'eau une oasis. Ils entrèrent dans Paris par le pont de Puteaux et rattrapèrent l'avenue Foch à travers le Parc de Bagatelle et le Bois de Boulogne. Aounit passait ses journées à sillonner la ville pour une petite entreprise de livraison ; il contourna en se dirigeant avec sûreté les carrefours les plus encombrés en début de soirée. Plus sa sœur le suppliait d'être prudent, plus il poussait le moteur. Il franchit à l'orange le dernier feu du boulevard Bonne-Nouvelle et manqua de renverser un piéton distrait qui s'avançait sur le passage clouté, les bras encombrés de fleurs et d'une boîte de gâteaux. Kaïra poussa un cri.

— Arrête-toi Aounit, nous sommes arrivés. Saïd m'attend à la sortie du métro devant la boutique d'un photographe. Viens avec moi, au moins pour lui dire bonjour.

Aounit attacha sa mobylette à un poteau d'interdiction de stationner ; ils remontèrent le boulevard sur quelques dizaines de mètres. Il n'y avait encore personne devant le studio Muguet, mais ils durent ralentir le pas car devant eux, marchait l'homme qu'ils avaient failli écraser. Heureusement, il s'engagea dans une rue qui butait à droite, contre des escaliers. Au même moment, Kaïra distingua le visage de Saïd qui émergeait de la bouche de métro. Son cœur s'emballa ; malgré le froid, elle sentit ses joues la brûler. Elle respira profondément par le nez pour ne pas s'élancer vers lui.

À la devanture de la bijouterie qui faisait l'angle de la rue Notre-Dame-de-Bonne-Nouvelle, une imposante horloge munie d'un balancier de cuivre marquait dix-neuf heures vingt-cinq. Le 17 octobre 1961.

CHAPITRE II

À cet instant précis, un coup de sifflet strident couvrit le bruit de la circulation et la rumeur confuse qui s'élevait de la foule massée sur les trottoirs.

Des centaines de musulmans disséminés dans les cafés, devant les étalages des magasins, dans les rues adjacentes au boulevard, répondirent au signal et envahirent la chaussée. En quelques minutes, la manifestation s'organisa. Des pancartes hâtivement confectionnées sortirent de sous les manteaux, plus loin on déroulait une banderole : « Non au couvre-feu. » Un groupe de femmes algériennes revêtues de leurs habits traditionnels se porta en tête, lançant les cris perçants que les Français connaissent sous le nom de you-you. Sans cesser de crier, elles agitaient leurs foulards à fils dorés au-dessus de leurs cheveux. D'autres manifestants qui attendaient dans les couloirs du métro rejoignaient les premiers. C'était maintenant plus d'un millier d'Algériens qui bloquaient le carrefour Bonne-Nouvelle.

Le patron du Madeleine-Bastille avait l'expérience des soirées de troubles. La vitrine d'angle de sa brasserie s'était effondrée en deux occasions. Une première fois en 1956 lors de l'attaque du journal l'*Humanité*, en protestation contre l'intervention soviétique en Hongrie. La seconde fois en mai 1958, au cours d'une démonstration de force gaulliste ou anti-gaulliste ; il ne se rappelait plus exactement. Avec l'aide des barmans et d'une dizaine d'habitués, il rentra chaises et tables puis commença à coller de larges bandes de papier gommé à l'intérieur des vitres, une technique utilisée lors des bombardements et qui avait prouvé son efficacité. En face, le journal, mieux équipé, abaissait un rideau de fer sur sa façade.

Roger Thiraud redescendit les marches de la ruelle, intrigué par les clameurs. Il vit passer de nombreux musulmans et distingua nettement le slogan repris à pleine voix à trois mètres de lui : « Algérie algérienne. »

Ainsi, ils avaient osé ! La guerre qui pour la grande majorité des Français avait la seule réalité d'une suite de communiqués, tour à tour euphoriques ou creux, cette guerre prenait corps au centre de Paris. Le concierge de l'immeuble s'avança, inter-

rompu en plein repas. Il tenait une serviette de table à la main.

— C'est un comble ! Ils se croient à Alger… J'espère que l'armée va rappliquer pour me virer tous ces fellouzes.

— Ils n'ont pas l'air aussi terrible que cela. Il y a même des femmes et des enfants.

— On voit bien que vous ne regardez pas les informations, monsieur le Professeur. Leurs méthodes, c'est le pillage et les massacres. Leurs mousmées et leurs gosses, ils s'en servent pour poser les bombes. Alors, si vous voulez mon avis, pas de quartier.

Roger Thiraud s'éloigna, mal à l'aise. Saïd et ses amis se trouvaient devant le Rex. La file d'attente pour *Les Canons de Navarone* s'était désagrégée. Aounit s'affairait à ouvrir la chaîne antivol de sa Flandria. Cinq cents mètres plus bas, à mi-chemin de l'Opéra, le capitaine Hernaud de la Troisième Compagnie de C.R.S. reçut l'ordre de disperser la manifestation qui se formait à Bonne-Nouvelle. Les Deuxième et Quatrième Compagnies devaient, quant à elles, renforcer la brigade de gendarmes mobiles déployée aux alentours du pont de Neuilly où on signalait d'importantes concentrations de Français musulmans. D'autres détachements de gardiens de la paix faisaient route vers Stalingrad, gare de l'Est et Saint-Michel. La radio du car de liaison ne cessait de rappeler les consignes. « Brisez le mouvement, n'hésitez pas à vous servir de vos armes si la situation l'exige. Chaque homme est fondé à juger, en cas d'engagement physique, du moyen de riposte approprié. »

Le capitaine pressait ses hommes de s'installer dans les Berliet bleu-nuit.

— N'oubliez pas d'ajuster vos lunettes. Nous commencerons par les grenades, mais avec ce vent, il y a des chances qu'on en prenne plein la gueule nous aussi.

La camionnette-arsenal était vide. Le règlement prévoyait qu'un quart seulement des hommes de la Compagnie disposerait de leurs armes au début d'un engagement. Il était temporairement suspendu. On avait même distribué les quatre fusils lance-grenades et les huit fusils-mitrailleurs.

Le capitaine Hernaud donna le signal du départ ; la colonne remonta plein phares et avertisseurs bloqués le boulevard Montmartre et le boulevard Poissonnière, sans se soucier des sens interdits. Les camions firent halte au croisement de la rue du Sentier. Les C.R.S. se groupèrent sous l'enseigne des Assurances de Zurich, tandis qu'une dizaine d'entre eux faisaient évacuer les voitures qui les séparaient des manifestants. Quand ce fut terminé, les Berliet formèrent une barricade qui obstruait totalement la chaussée. Pendant ce temps d'autres policiers s'installaient derrière les automobiles en stationnement. De cet abri improvisé, ils lancèrent les premières grenades lacrymogènes. Mais une rafale de vent rabattit les gaz contre les façades, les dispersant. Le capitaine commanda l'arrêt des tirs ; il rassembla ses troupes

devant les phares des camions. Les manifestants saluaient en riant l'échec de l'offensive policière, mais certains s'inquiétaient de voir cette masse de soldats, recouverte jusqu'à hauteur de genoux de cuir noir luisant, ces casques sombres séparés par une arête de métal brillant, cette absence de visage derrière les hublots des lunettes de motocyclistes. La lumière aveuglante des phares ne permettait pas de distinguer leurs armes. Bien entendu, ils avaient ces longues matraques de bois, grosses comme des manches de pioche et longues comme des balais, les bidules, et d'autres armes de poing, très courtes, pleines de reflets.

Soudain, l'énorme silhouette se mit en mouvement, accompagnée d'un long cri. Doucement d'abord et gagnant de la vitesse à chaque enjambée. Il semblait que rien ne puisse l'arrêter dans son élan ; le martèlement des bottes sur les pavés renforçait ce sentiment de fatalité. Les C.R.S. qui composaient la première ligne paraissaient gigantesques, gonflés par les gilets pare-balles glissés sous leurs manteaux de cuir. Les Algériens ne réagissaient pas, comme cloués sur place par la stupeur. On sentait un réel flottement dans leurs rangs ; il était déjà trop tard pour organiser la défense. Cette idée s'imposa à tous en un éclair. La foule reflua d'un bloc vers le Rex où se produisit le choc. Les crosses s'abattirent sur les têtes nues, mal protégées par les bras et les mains. Un policier jeta une femme à terre en la rouant de coups de galoche ; il lui assena une volée de gifles et s'éloigna. Un autre frappait de toutes ses forces le ventre d'un jeune garçon avec son bidule, si fort que le bois se rompit. Il continuait en se servant du morceau le plus acéré. Sa victime tendait les mains pour se protéger, essayant d'attraper le manche de bois. Il ne parvint bientôt plus à commander ses doigts brisés.

Des détonations claquèrent devant la piscine Neptuna où stationnait un car. À l'intérieur, trois agents visaient soigneusement les fuyards et ne rataient aucune cible. Une Ariane rouge et crème garée à moins de vingt mètres, derrière laquelle s'abritaient de nombreux musulmans, était criblée d'impacts. Des gens couraient en tous sens en hurlant. Dans la panique ils butaient contre les corps tombés aux terrasses des cafés parmi les tables renversées, les verres brisés, les vêtements maculés de sang.

Kaïra et Saïd étaient là, pris sous le feu. Aounit gisait sur le trottoir, de l'autre côté, près de sa mobylette. Mort ou blessé. Les rafales s'espacèrent : ce fut le silence troublé par les râles des agonisants. Un simple répit ! Les C.R.S. reformèrent leurs rangs et repartirent à l'assaut. Un mouvement de foule désordonné propulsa Kaïra, en première ligne, face à une sorte de robot écumant qui leva sa matraque. Une peur atroce et absolue l'immobilisa, bloqua son souffle ; elle eut conscience que son sang se retirait d'un coup de son visage. Malgré le froid, sa peau hérissée se couvrit de

transpiration. Elle ne pouvait quitter des yeux cet être effroyable qui allait la tuer. La main s'abattit brusquement mais Saïd, au prix d'un effort terrible se porta devant elle, la protégeant de son corps. La brutalité du choc les renversa tous deux. Le policier n'en continuait pas moins de frapper Saïd. Il finit par se lasser. Kaïra craignait de faire le moindre geste pouvant laisser croire à leur agresseur qu'elle vivait encore. Saïd, au-dessus, faisait de même, pensait-elle, jusqu'à l'instant où elle identifia le liquide poisseux et âcre qui s'étalait sur son manteau. Sa peur était douce en comparaison de l'immense douleur qui s'empara des moindres atomes de son être. Elle releva le cadavre de son ami en hurlant.

— Assassins ! Assassins !

Deux policiers s'emparèrent d'elle, la dirigèrent vers un des autobus de la R.A.T.P. réquisitionnés pour assurer le transfert des manifestants appréhendés, vers le Palais des Sports et le Parc des Expositions de la Porte de Versailles.

Seul Lounès était indemne, il tentait de disperser la foule dans les petites rues qui jalonnent les boulevards. De nombreux passants prêtaient main-forte aux C.R.S. et leur désignaient les porches, les recoins où se cachaient des hommes, des femmes rendus stupides par l'horreur.

Il était près de huit heures. Sur les quais situés en contrebas du pont de Neuilly, deux immenses colonnes formées par les habitants des bidonvilles de Nanterre, Argenteuil, Bezons, Courbevoie, se mirent en mouvement. Des responsables du F.L.N. les encadraient et canalisaient les groupes qui ne cessaient de se joindre à eux. Ils étaient au moins six mille ; les quatre voies du pont ne semblaient pas assez larges pour assurer l'écoulement du cortège. Ils dépassèrent la pointe de l'île de Puteaux, sous leurs pieds, et pénétrèrent dans Neuilly. Pas un ne portait d'arme, ni le moindre couteau, la plus petite pierre dans la poche. Kémal et ses hommes contrôlaient les individus suspects ; ils avaient expulsé une demi-douzaine de gars qui rêvaient d'en découdre. Le but de la démonstration était clair : obtenir la levée du couvre-feu imposé depuis une semaine aux seuls Français musulmans et du même coup prouver la représentativité du F.L.N. en métropole.

La voie était libre ; ils purent distinguer, au loin, l'Arc de triomphe illuminé à l'occasion de la visite officielle du Shah d'Iran et de Farah Dibah. Comme à leur habitude, les femmes prirent la tête. On voyait même des landaus entourés d'enfants. Qui pouvait se douter que trois cents mètres plus bas, masqués par la nuit, les attendait une escouade de Gendarmes Mobiles épaulée par une centaine de harkis. À cinquante mètres, sans sommations, les mitraillettes lâchèrent leur pluie de balles. Omar, un jeune garçon de quinze ans, tomba le premier. La fusillade se poursuivit trois quarts d'heure.

Roger Thiraud était fasciné, horrifié à la fois par ce qui se déroulait devant lui. Son attention restait accaparée par les corps inertes des manifestants. Un cadavre surtout, dont la tête éclatée, terrible, barrée d'une bouche d'ombre mortelle, laissait s'échapper des filets de sang pareils à des serpents liquides. En face, sur l'autre trottoir, les premiers invités du Théâtre du Gymnase se faufilaient en direction des portes vitrées que défendait une quinzaine de membres du personnel. Le directeur de la salle maudissait le sort qui entachait la soirée inaugurale de «ADIEU PRUDENCE» de Leslie Stevens adaptée par Barillet et Grédy. Jusqu'à maintenant on avait pu cacher à Sophie Desmarets les événements qui ensanglantaient la rue, afin de ménager ses nerfs, mais les «amis» qui réclamaient la loge de la comédienne ne manqueraient pas de réduire ces efforts à néant.

— Ils l'ont bien cherché, lui dit un passant.

Roger Thiraud le fixa.

— Mais ils ont besoin d'être soignés, il faudrait les transporter à l'hôpital. Ils vont tous mourir !

— Si vous croyez qu'ils ont pitié des nôtres, là-bas. Et d'abord ce sont eux qui ont tiré les premiers.

— Non, ne dites pas ça. Je suis ici depuis le début, je rentrais chez moi… Ils couraient comme des lapins, les mains nues, ils cherchaient à se cacher, se protéger quand la police a ouvert le feu.

L'homme s'éloigna en l'insultant.

Le directeur du théâtre descendit les marches du perron et interpella un gradé.

— Venez vite, il y en a au moins cinquante qui sont entrés dans la partie technique et dans les coulisses. Notre première débute dans dix minutes, il faut que vous interveniez.

L'officier constitua un détachement qu'il mit en position devant le portail du local des machinistes et, l'arme au poing, fit ouvrir les deux battants. Une vingtaine d'hommes apeurés, les mains sur la nuque sortirent à la lumière des lampadaires. Derrière eux, dans le couloir, on préparait les coupes pour fêter le succès prévisible de «ADIEU PRUDENCE».

Roger Thiraud fut à deux doigts d'intervenir mais il n'en trouva pas le courage. Il assista, impuissant, au tabassage en règle d'un automobiliste bloqué rue du Faubourg-Poissonnière qui portait secours à un blessé, essayant de le dissimuler à l'arrière de son véhicule.

De l'autre côté, vers l'immeuble en rotonde des P.T.T., au coin de la rue Mazagran, on rassemblait les prisonniers. De nombreux autobus étaient arrivés et se chargeaient de centaines d'Algériens hagards qui tentaient, sans succès, d'éviter les

coups de matraque distribués par les C.R.S. placés en file devant les plates-formes. Il avait suffi de quelques dizaines de minutes à la R.A.T.P. pour interrompre le service et affecter ses véhicules au regroupement des manifestants. Un machiniste lisait le *Parisien* en attendant l'ordre de départ. Roger Thiraud compta instinctivement le nombre de bus bondés qui passaient devant ses yeux. Douze. Il évalua à plus de mille celui des hommes pressés les uns contre les autres, debout, blessés.

Un photographe accompagnait les policiers dans les actions les plus dures. À intervalles réguliers, les éclairs du flash révélaient autant de tableaux sanglants.

Un autre homme observait la scène depuis le début de la manifestation. Il n'avait pas bougé de l'encoignure du café Le Gymnase. Bien qu'il soit revêtu de l'uniforme des C.R.S., il ne semblait pas être concerné par l'activité de ses collègues et se contentait, tout simplement, de fixer l'endroit précis où se trouvait Robert Thiraud. Il jugea le moment venu et sortit de l'ombre. Il traversa le boulevard, s'approcha d'un pas mesuré de la rue Notre-Dame-de-Bonne-Nouvelle : sans se soucier du froid et de la pluie, il enleva son lourd manteau de cuir qu'il plaça sur son bras gauche. Du même geste il ramena son casque sur son front et s'assura que ses lunettes étaient bien en place. À hauteur de la rue Thorel, il fit une halte puis sortit un Browning de son étui. Il n'avait pas choisi cette arme à la légère. Le modèle 1935 restait le pistolet d'ordonnance le plus répandu au monde ; il faisait encore aujourd'hui la renommée et le succès de la Fabrique nationale d'Herstal.

Il éjecta le chargeur muni de ses treize cartouches et le réenclencha d'un coup sec contre sa paume. Cette crosse lui était familière ; à vingt mètres de distance il plaçait le contenu du magasin dans une cible de dix centimètres de côté. Il reprit sa marche après avoir placé le browning dans sa main gauche, sous le manteau de cuir. Ce n'était pas la première fois, mais il ne pouvait s'empêcher de trembler, de serrer les dents. Il lui fallait, par-dessus tout, réprimer cette envie de fuir, de laisser les choses inabouties. Marcher, continuer à avancer, ne plus penser…

Il distinguait maintenant les traits de Roger Thiraud et revit en mémoire le jeu de photos qu'on lui avait confié. Le même front large, les lunettes d'écaille, jusqu'à cette curieuse chemise aux pointes de col boutonnées.

Comme lors des missions précédentes, tout se décida en un instant, trop vite pour qu'il comprenne pourquoi il venait de se porter à la gauche du professeur. Le moindre de ses mouvements correspondait à ce qu'il fallait faire, inéluctablement, pour remplir la mission. Rien ne pouvait l'arrêter. C'était comme s'il avait déjà accompli l'irréparable. Sa main droite se dissimula une fraction de seconde sous le cuir et réapparut crispée sur la crosse du pistolet. Roger Thiraud ne prêtait pas

attention à lui; l'homme en profita pour se placer derrière. Brusquement, il lui coinça la tête avec son bras gauche. Le manteau vint se coller sur le visage du professeur qui laissa tomber son bouquet de fleurs et le paquet de gâteaux. Il agrippa désespérément la main de son agresseur pour lui faire lâcher prise. Mais l'homme, méthodiquement, appliqua le canon de l'arme sur la tempe droite de Roger Thiraud, introduisit l'index dans le pontet et appuya sur la détente. Il repoussa le corps en avant, recula. Le professeur s'effondra sur le trottoir, le crâne éclaté.

L'homme rangea son arme, posément, enfila son manteau et disparut par les escaliers de la rue Notre-Dame-de-Bonne-Nouvelle.

Au petit matin il ne restait plus sur les boulevards que des milliers de chaussures, d'objets, de débris divers qui témoignaient de la violence des affrontements. Le silence s'était établi, enfin. Une équipe de secours envoyée par la Préfecture de Police recherchait les blessés et les cadavres. On ne s'embarrassait pas de gestes inutiles, ni de problèmes de conscience, les corps étaient entassés pêle-mêle, sans distinction.

— Hé, par ici, c'est le quinzième de crevé dans le coin. Pas très joli, il a pris une balle en pleine tête! Bon, vous venez m'aider?

Ils retournèrent le corps.

— Oh, merde, c'est pas un bicot! On dirait un Français.

Le chef d'équipe était bien embarrassé par sa découverte; il décida de se couvrir en prévenant son supérieur.

Le lendemain, mercredi 18 octobre 1961, les journaux titraient sur la grève de la S.N.C.F. et de la R.A.T.P., pour l'augmentation des salaires. Seul *Paris Jour* consacrait l'ensemble de sa Une aux événements de la nuit précédente:

LES ALGÉRIENS MAÎTRES DE PARIS
PENDANT TROIS HEURES

Vers midi, la Préfecture communiqua son bilan et annonçait 3 morts (dont un Européen), 64 blessés et 11 538 arrestations.

CHAPITRE III

À la demande de sa mère, Bernard éteignit le poste de télévision. Le présentateur du journal de treize heures se fondit en un point lumineux et disparut.

— Tu peux te servir de la télécommande, maman, on a pris ce modèle exprès, comme cela tu n'as pas besoin de te lever. Il suffit d'appuyer sur les touches…

Muriel Thiraud se contenta de remuer la tête, elle continua de fixer le téléviseur qui lui renvoyait le reflet assombri de la pièce et de son visage.

Elle ne quittait pratiquement jamais ce fauteuil dans lequel, vingt ans plus tôt, elle avait appris la mort de son mari. Seul l'enfant qui distendait son ventre lui avait interdit, alors, de se laisser mourir. Dès que Bernard vint au monde, elle s'en désintéressa et vécut en recluse, dans les trois pièces de la rue Notre-Dame-de-Bonne-Nouvelle. Elle ne s'approchait jamais de la fenêtre pour ne pas apercevoir, trois étages plus bas, les marches de l'escalier où, un matin d'octobre 1961, on ramassa le corps de son mari.

Bernard Thiraud fut élevé par ses grands-parents ; adolescent il se consacra tout naturellement à l'étude de l'histoire. Au cours d'une conférence sur «Les peurs de l'Occident», il avait rencontré Claudine Chenet ; elle commençait, à cette époque, une thèse dont le sujet, «La Zone de Paris en 1930», fut le prétexte à de multiples promenades.

— Tu sais très bien qu'elle ne s'habitue pas à ces gadgets, Bernard. Il est temps de partir, si nous attendons une heure de plus, l'autoroute sera bouchée. Je ne supporte pas de rouler au pas pendant des kilomètres…

Bernard s'approcha de sa mère et l'embrassa.

— Nous serons de retour dans un mois. Au plus tard début septembre. J'ai laissé notre adresse et notre téléphone au Maroc chez la concierge. S'il y a un problème, n'hésite pas à nous appeler ; enfin, pas avant une semaine. Nous devons nous arrêter un jour ou deux à Toulouse et, ensuite, il faut traverser l'Espagne.

Claudine serra la main de sa future belle-mère. Ils sortirent de l'appartement sans que Muriel Thiraud n'esquisse le moindre geste. Dans l'escalier Claudine ne put s'empêcher de dire :

— Je ne m'y ferai jamais ! J'ai l'impression de m'adresser à un fantôme.

Pour toute réponse, Bernard lui passa le bras autour du cou. La voiture, une Volkswagen au bleu délavé, était garée plus haut, vers la rue Saint-Denis. Claudine s'installa au volant et traversa Paris vers la porte de Saint-Cloud. Elle se glissa dans le flot des vacanciers. Après le tunnel, elle ouvrit le toit et mit la radio.

Quelques ralentissements se produisirent jusqu'à la sortie de Montlhéry, provoqués la plupart du temps, par des caravaniers ou des poids lourds. Claudine conduisait à vive allure en occupant la voie de gauche. Ils firent une halte à Pons, la « cité du biscuit » vers sept heures, puis reprirent la route en direction de Bordeaux. Ils passèrent la nuit à l'Hôtel de la Presse, porte Dijeaux, non loin de la Garonne.

Le lendemain, ils durent s'arrêter entre Damazan et Lavardac sur la A 61 : à chaque coup de frein, la Coccinelle plongeait sur la droite, vers le bas-côté. Bernard essaya de plaisanter.

— C'est normal, les voitures allemandes, ça déporte toujours !

Il ne s'agissait que d'un réglage et ils arrivèrent en vue de Toulouse à l'heure du déjeuner qu'ils prirent chez Vanel : cassolette d'escargots aux noix, civet de coq au vin de Cahors.

— Cela nous fera un souvenir et nous aidera à supporter la cuisine marocaine.

— Pas d'impérialisme culinaire, Bernard, tu ne sais pas de quoi tu parles. Je te promets d'agréables surprises à ce sujet.

— J'ai hâte d'y être. Je ne pense pas en avoir pour plus de deux jours, ici. Quelques dossiers à consulter cet après-midi au Capitole et demain toute la journée à la Préfecture.

— Tu ne veux toujours pas me dire ce que tu cherches ?

Il sortit une Gitane du paquet, l'alluma avant de répondre, feignant l'ironie.

— Non, je m'occupe d'histoires dangereuses ; une mystérieuse organisation s'agite dans l'ombre. Laisse-moi te protéger par l'ignorance.

Ils quittèrent le restaurant. Claudine monta dans la voiture et se dirigea vers la place Occitane, à deux pas de l'église Saint-Jérôme. Elle entra dans l'hôtel. Bernard rejoignit la mairie à travers la vieille ville. Il accéda au Capitole par les jardins. Les terrasses des cafés étaient bondées ; il renonça à boire un rafraîchissement. Il pénétra dans l'hôtel de ville. Dans le hall, une hôtesse lui indiqua la salle des archives. À dix-sept heures trente, on dut le prévenir de la fermeture des portes.

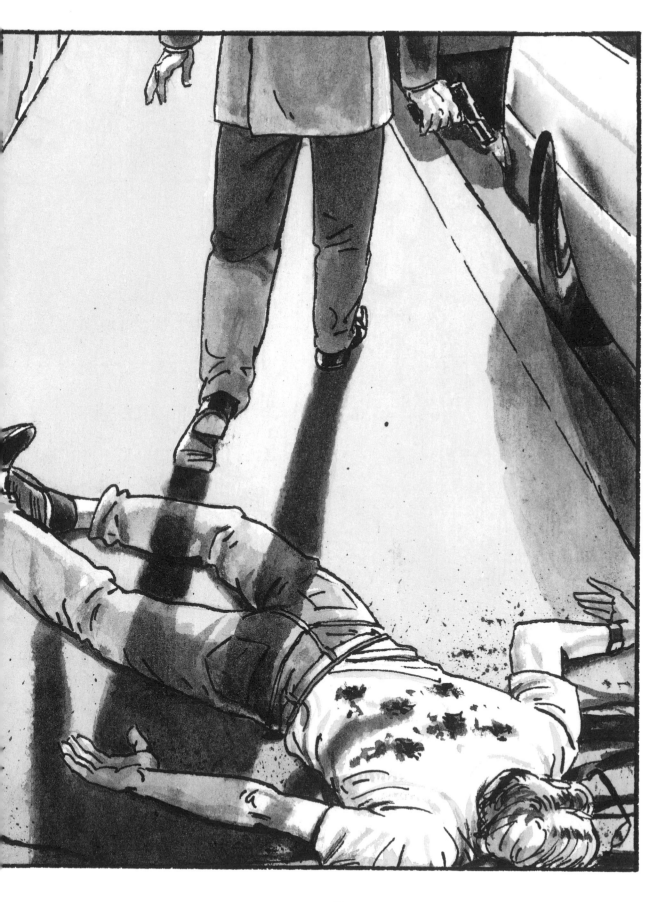

— Alors, cette enquête aux ramifications internationales ? lui demanda Claudine alors qu'il prenait une douche.

— Je suis sur une piste… cela se confirmera peut-être demain, à la Préfecture. Par contre, j'ai appris une anecdote intéressante. Figure-toi qu'il y a quarante-deux ans, c'est ici, à Toulouse que le Conseil de Guerre de la 17e région militaire a prononcé la déchéance et la condamnation à mort d'un certain Charles de Gaulle. Le 7 juillet 1940.

— Envoie-le à Lucien Jeunesse, pour le jeu des mille francs…

— C'est malin. Et toi qu'as-tu fait ?

— Je t'ai attendu.

Elle le poussa sur le lit en riant.

Bernard Thiraud se réveilla très tôt. Il arriva à la Préfecture bien avant le fonctionnaire le plus ponctuel. Il patienta au comptoir d'un café de la rue de Metz et sortit dès l'arrivée du concierge.

Il était seul dans la bibliothèque administrative. De temps à autre, un employé passait, les bras chargés de cartons, de registres noirs, ou bien alors de piles de revues. La salle restait ouverte en permanence ; il demanda la permission de téléphoner en entendant les cloches de la cathédrale toute proche qui sonnaient midi. Le réceptionniste du Mercure décrocha et appela la chambre douze.

— Claudine, cette fois je suis extrêmement sérieux. Je tiens le bon bout. Ne m'attends pas pour déjeuner. La salle de consultation ferme à six heures, je pense y travailler jusque-là.

— Je suis contente pour toi. Mais ne tarde pas trop.

Ce furent les dernières paroles qu'ils échangèrent. À dix-huit heures dix, Bernard Thiraud descendit les marches de la Préfecture et remonta la rue de Metz en direction de la place de l'Esquirol. Un homme, assis dans une Renault 30 noire, quitta son volant. Il le prit en filature. Bernard avait hâte de raconter sa découverte à Claudine, il pressait le pas. Il emprunta la rue du Languedoc sur une centaine de mètres, par la droite il contourna l'église Saint-Jérôme. À l'animation des larges avenues commerçantes, succédaient le calme des rues bordées d'hôtels particuliers, souvent délabrés, et les hauts murs des jardins. Pratiquement plus de boutiques, si ce n'étaient des devantures remplies d'objets religieux et d'antiquités. Soudain il n'y eut plus personne, pas une voiture ; Bernard sentit la présence de l'homme qui le suivait. Il se retourna, le vit à deux mètres de lui qui fouillait dans sa poche et en sortait un pistolet. Bernard, intrigué, n'avait pas peur de ce vieil homme d'une soixantaine d'années, essoufflé ; il chercha, autour de lui, la raison qui le poussait à exhiber une arme. Avant qu'il ne comprenne, la première balle se ficha dans son épaule et le fit chanceler. Le tireur se rapprocha encore, à le toucher. Il sentait son haleine. Bernard ne trouvait pas la force de lutter, la seconde balle lui traversa le cou. Il s'effondra tandis que son assassin lui vidait les six dernières cartouches du chargeur dans le dos.

L'homme s'enfuit dans le dédale des petites rues de la vieille ville. Les passants alertés par les coups de feu ne trouvèrent que le cadavre de Bernard Thiraud allongé sur le trottoir.

Après six mois passés en Lozère, au commissariat de Marvejols, à la suite des remous provoqués par l'affaire Werbel, j'avais obtenu une mutation à Toulouse dans un poste de quartier, rue Carnot. D'habitude je faisais tourner la boutique en équipe avec le commissaire Matabiau mais celui-ci, prioritaire pour le choix des dates de vacances, coulait des jours paisibles sur une plage corse. C'est ce moment précis que les employés des pompes funèbres mirent à profit pour engager l'épreuve de force avec leur employeur. Une grève de croque-morts en pleine vague de chaleur ! Les incidents étaient inévitables et je me retrouvai pris entre deux feux : d'un côté les familles éplorées, de l'autre des grévistes décidés. La Mairie de Toulouse ne se mouillait pas et jouait la carte du pourrissement. Au Capitole, on espérait bien recevoir l'appui de l'opinion publique, on se fichait de voir la Police dans le rôle du tampon. Un matin de juillet, des bagarres, opposant parents de défunts et fossoyeurs, éclatèrent au cimetièrc de Rapas, près des pièces mortuaires où plusieurs dizaines de cercueils attendaient en ordre, de trouver l'abri d'une fosse.

Je disposai mes hommes devant les portes des chambres réfrigérées du Funérarium où les employés, dépassés par le nombre et la vigueur hystérique de leurs assaillants endeuillés, s'étaient réfugiés. À six heures ct demie nous étions toujours au milieu des tombes.

Un gréviste me tapa sur l'épaule.

— Je vais essayer de leur parler, d'expliquer les raisons de notre action, Inspecteur, si vous parvenez à les calmer. Leurs morts ne risquent rien, nous assurons le service minimum…

Le gars semblait croire à son discours ; habitué à véhiculer les cadavres, il ne comprenait pas qu'en face de lui, les manifestants, tout éplorés qu'ils soient, n'en étaient pas moins vivants.

— Restez tranquille et si vous avez la clef de ce bâtiment, bouclez-le à double tour.

Qu'est-ce que vous voulez, au juste ? Je peux tenter de les raisonner.

Il n'avait jamais entendu une phrase plus stupéfiante.

— Un flic qui se fait notre porte-parole ! ! ! Vous plaisantez ?

— Ce n'est pas mon genre. Mais je ne pense pas qu'un cimetière soit l'endroit idéal pour les règlements de compte. Ce n'est pas eux et encore moins la police qui arrangeront vos affaires. Alors, ça ne sert à rien de continuer ce cinéma.

— Nous réclamons seulement une prime d'insalubrité, comme les égoutiers. Les vieux, avant, lorsqu'ils exhumaient, pas de problèmes, dans la boîte ils trouvaient dix kilos d'os en poudre. Aujourd'hui on sort les macchabées des années soixante. L'âge d'or du plastique... Je ne vous fais pas de dessin mais les os, je vous jure, on ne les voit plus souvent ! Des trucs comme ça, c'est pas bon pour le carafon. Près de la moitié des gars embauchés se tirent au bout de deux, trois jours. Ils préfèrent crever de faim que gagner cinq mille francs dans ces conditions. Trois cents balles de prime, c'est pas le bout du monde !

Un agent en tenue interrompit notre conversation.

— Inspecteur Cadin, le brigadier Lardenne vous demande à la voiture radio. Il a reçu un appel du commissariat au sujet d'un meurtre dans le quartier Saint-Jérôme.

Le fossoyeur était sincèrement consterné.

— Une famille de plus sur les bras !...

Je traversai le cimetière, la voiture était garée près de la porte du carré des indigents, un espace envahi par les ronces, planté de six ou sept croix de fer chavirées. Sur un monticule de terre fraîchement remuée, un vase de porcelaine blanche et quelques fleurs.

Je poussai le battant... Le brigadier Lardenne, affalé sur le siège avant gauche de la Renault 16 était occupé à percer le secret des 43 252 003 274 489 856 000 combinaisons possibles de son Rubik-Cub.

— Alors, vous y arrivez ?

Il se redressa et fourra le jeu dans sa poche.

— Une face et demie, Inspecteur, et je bloque. Mon fils réussit les yeux fermés, ils font des concours dans sa classe, en sixième.

— Très intéressant. Et à part cela ?

Il devint aussi rouge que la surface complète du cube.

— Oui, enfin non, des passants ont découvert le corps d'un jeune gars. Tué à coups de revolver ou de pistolet. L'équipe de Bourrassol est sur place, c'est à deux pas de la rue du Languedoc.

— Prenez le volant, on y va. Branchez la sirène sinon, avec tous ces vacanciers

nous n'y sommes pas avant la tombée de la nuit.

Le brigadier-chef Bourrassol connaissait son métier ; les différents services impliqués lors d'une affaire criminelle étaient déjà en pleine action.

— Inspecteur Cadin, je suis heureux de vous voir. J'ai laissé le corps dans la position initiale ; rien n'a été touché pendant votre absence.

— Très bien, Bourrassol. Vos premières constatations ?...

— C'est minime. Pas de témoins oculaires. Une dizaine d'habitants ont entendu les détonations. L'un d'eux a vu une silhouette qui s'éloignait vers la rue de Metz, voilà. Enfin, on continue de ratisser. Il a reçu près de dix balles dans le dos, à mon avis du 9 mm parabellum. J'ai ses papiers, sûrement un touriste de passage.

Pour appuyer son affirmation il me tendit un passeport français et un portefeuille en cuir marron. Les pièces d'identité étaient établies au nom de Bernard Thiraud, étudiant ; né le 20 décembre 1961 à Paris, domicilié au 5 de la rue Notre-Dame-de-Bonne-Nouvelle dans le deuxième arrondissement. Une carte d'étudiant délivrée par la faculté de Jussieu et diverses photos d'une même jeune femme étaient glissées dans les pochettes transparentes du portefeuille. Le soufflet contenait huit mille francs en traveller's cheques et une note de chez Vanel datée de la veille, pour deux couverts.

— Au moins il n'aura pas regretté son dernier repas. 430 francs à deux ! Bourrassol, recherchez donc la personne qui tenait l'autre fourchette. Et passez un coup de fil au Service des Égouts ; dites-leur de vérifier les bouches d'évacuation dans un rayon de cent cinquante mètres, on ne sait jamais, le tueur s'est peut-être débarrassé de son arme dans le coin.

— Inspecteur, ce n'est pas si facile. Ils refusent à chaque fois de nous aider, aux égouts...

— Ils se croient au-dessus des lois ceux-là. En plus ils touchent une prime, ce n'est pas comme les fossoyeurs !

— Vous dites, Inspecteur Cadin ?

— Je me comprends. Laissez pour les égoutiers, je m'en charge.

Le lendemain matin, à neuf heures, le Directeur des Services Techniques de la ville pénétra dans mon bureau et me rendit un sac plastique contenant une arme.

— Voilà le résultat, Inspecteur, vous n'avez qu'à demander. Un employé communal l'a repêché dans un collecteur de la rue Croix-Baragnon. Le courant n'est pas puissant à cet endroit...

— On peut donc supposer que le lieu de la découverte correspond grosso modo à l'endroit choisi par le meurtrier pour jeter son pistolet.

— C'est un pistolet ? Je n'ai jamais su la différence entre un revolver et un pistolet.

— Élémentaire, ça fonctionne par couple. Pistolet-chargeur et revolver-barillet. Votre gars n'y a pas touché ? On leur avait bien expliqué comment procéder.

Je saisis l'arme par le canon, sans la sortir de sa protection et l'examinai.

— Nous avons affaire à un professionnel.

Mon interlocuteur ne dissimula pas son étonnement. Il devait se nourrir de Conan Doyle et de Richard Freeman.

— Comment voyez-vous ça ?

Je le lui expliquai au risque de briser l'admiration naissante dont j'étais l'objet.

— Il s'agit d'un « LLAMA ESPECIAL » modèle 11. Un pistolet aussi répandu que notre « Unique L ». À la limite, on s'en fout qu'il y en ait cinquante au mètre carré, chaque arme a ses caractéristiques et les laboratoires sont équipés pour les faire parler. Ce qui pose problème avec les Llama Especial, c'est qu'ils sont fabriqués par Gabilondo, à Vitoria. Si, en plus, vous savez que cette usine est située dans la province de Guipuzcoa, en plein pays basque, vous commencez à vous faire une idée.

— Pas la moindre…

— En 1972 un commando de l'E.T.A. a attaqué un camion rempli de ce type d'arme. Trois cents pistolets ont disparu. On ne connaît pas les filières, mais le milieu français utilise de temps à autre des flingues qui proviennent de ce braquage. Systématiquement nous mettons la main sur l'arme munie de ses numéros de référence. On vérifie sur la liste établie par la Guarda Civil et ça correspond. Pas besoin d'aller plus loin, on tombe en ligne directe sur l'usine de Vitoria ! Le labo peut passer directement à la recherche des empreintes, mais on ne se procure pas un pistolet vierge pour y coller ses doigts… Merci tout de même, monsieur le Directeur Technique, ça nous permet d'avancer.

Il me tendit la main avec respect et s'inclina légèrement. Sur le palier je ne résistai pas à l'envie de le déconcerter un peu plus.

— Merci encore et à charge de revanche. Si un crime se présente, dans vos services ou chez vous, n'hésitez pas à faire appel à moi.

Le brigadier Bourrassol lui succéda dans le bureau. Je ne l'avais jamais vu perdre ni son calme ni son sourire. Il n'en était pas de même, paraît-il, quand il travaillait au commissariat du Mirail, la ville nouvelle construite en périphérie de Toulouse. On lui reprochait le tabassage en règle de deux jeunes délinquants au Narval, le café du centre commercial.

— On ne s'est pas foulé pour débusquer la môme. En mangeant chez Vanel avant-hier, ils ont demandé l'adresse d'un hôtel au patron. Il les a envoyés au Mercure Saint-Georges, à cent mètres du lieu du crime. On ne lui a rien dit, elle vous attend. Ou alors, on l'amène ici ?

— Non, en route. Dites à Lardenne de s'occuper de la boutique et laissez-lui nos coordonnées.

La direction de l'hôtel se serait dispensée de notre visite ; on me demanda de garer la voiture blanche et noire au fond du parking. On n'hésita pas à mettre un salon particulier à notre disposition, par souci de discrétion.

Claudine Chenet n'avait manifestement pas assez dormi ; deux cernes noirs soulignaient ses yeux. Elle se leva en nous voyant.

— Qu'est-il arrivé à Bernard ? Je veux savoir...

J'aspirai une longue bouffée d'air.

— Il est mort, assassiné. Ça s'est produit hier soir, peu après dix-huit heures, non loin de l'hôtel.

Une lassitude immense s'imprima sur ses traits ; je dus tendre l'oreille pour comprendre ce qu'elle murmurait.

— Mais pourquoi ? Pourquoi ?

— Je suis là pour le découvrir, mademoiselle. À quelle heure vous a-t-il quittée ?

— Très tôt le matin. Je dormais encore ; avant huit heures, probablement. Vérifiez à la réception. Il faisait des recherches à la Préfecture et il m'a téléphoné à midi pour m'avertir qu'il ne rentrerait pas déjeuner.

— Quel type de recherches ?

— Il ne voulait pas me le dire ; il se contentait de plaisanter en me faisant croire qu'il traquait une organisation internationale.

— Il est malheureusement possible que ce ne soit pas une plaisanterie. Avez-vous rencontré des connaissances à Toulouse depuis avant-hier ?

— Non, Inspecteur, personne. Nous nous rendions au Maroc pour les vacances. Nous avons fait un détour à Toulouse, mais c'est la première fois que je mets les pieds ici. Bernard également. La première et la dernière.

— Vous êtes sortie au cours de l'après-midi ou de la soirée d'hier ?

Elle esquissa un sourire désabusé.

— Je me doutais que vous en arriveriez là. La réponse est non. J'ai déjeuné au restaurant de l'hôtel, voyez les serveurs, crudités, tournedos, fraises à la crème. Ensuite j'ai lu sur le balcon, au soleil.

— Et vous ne vous êtes pas inquiétée de sa disparition ! Votre ami doit rentrer à six heures du soir et le lendemain matin, à huit heures et demie mes hommes vous trouvent occupée à manger des croissants, la mine à peine défaite. J'ai toutes les raisons de m'étonner, mademoiselle Chenet, il s'agit d'un crime.

Elle porta les mains à son front et éclata en sanglots.

— Ça lui arrivait parfois de ne pas revenir de la nuit. À Paris…

— Vous viviez ensemble ?

— Oui, nous VIVIONS, c'est le terme qui convient. Depuis six mois Bernard habitait chez moi. Certains soirs de déprime il disparaissait et rentrait au petit matin, sans explications. Sa mère en est responsable, enfin je veux dire, de ce manque de confiance en lui. Lorsqu'il est né, son père venait de mourir dans des circonstances dramatiques. Je n'en sais pas plus, sinon que cette disparition a sérieusement affecté la mère de Bernard. Elle ne sort jamais de son appartement et j'ai dû l'entendre prononcer trois phrases, au total, au cours d'une dizaine de visites.

— Très bien. Nous allons emmener les affaires personnelles de votre ami. Le brigadier Bourrassol vous signera un reçu. Bien sûr, vous devez demeurer à Toulouse pendant quelques jours, pour les besoins de l'enquête. Le plus pénible reste à accomplir. Il faut m'accompagner à la morgue, pour reconnaître le corps, avant l'autopsie.

Pendant notre absence, un témoin s'était présenté. Lardenne le fit patienter dans le couloir, devant la porte vitrée de mon bureau. Il s'agissait d'un homme de trente-cinq ou quarante ans, habillé d'un pantalon de cuir, d'une veste à carreaux multicolores et chaussé de superbes bottes mexicaines. Le parfait zozo !

Je balançai à Lardenne, les dents serrées :

— Bravo, c'est carnaval. Je souhaite pour vous qu'il ne me fasse pas perdre mon temps.

Avant de pousser la porte j'observai mon rocker vieillissant : il avait tiré un peigne de sa poche et le glissait dans ses cheveux en aplatissant de la main. Avec la paume il vrilla la mèche sur son front. Je le priai de s'asseoir.

— Alors, vous avez des révélations à faire au sujet du meurtre de ce jeune Parisien.

Il leva les bras, tordit le cou et d'une voix haut perchée parvint à articuler.

— Pas si vite, comme vous y allez. J'ai remarqué ce garçon l'autre soir lorsqu'il sortait de la Préfecture. Mon quartier général est situé en face, au bar Chez Verdier. C'est le seul coin où on peut jouer au Pachinko.

Lardenne ne se doutait pas encore de ce qui l'attendait quand j'en aurais fini avec ce guignol.

— Je l'ignorais et ça consiste en quoi le Pachinko ?

Il parut heureux de rencontrer un néophyte attentif.

— Une machine à sous d'origine japonaise, un peu comme un flipper. On achète des billes en acier au comptoir et on les enfourne dans l'orifice d'une boîte accrochée au mur. Avec les poignées, on dirige les billes à travers les obstacles. Si on atteint la cible, on gagne d'autres billes...

— Oui, et ensuite ?

Il me regarda sans comprendre...

— Eh bien ensuite, on recommence !

— C'est formidable. Alors retournez jouer aux billes. J'ai autre chose à faire que d'écouter vos histoires.

— Mais monsieur l'Inspecteur, je l'ai réellement vu ce garçon, il n'était pas seul.

Je sursautai.

— Pas seul ! Expliquez-vous.

— Voilà, j'avais fini ma partie et je m'apprêtais à sortir quand le Parisien quitte la Préfecture. J'aime bien regarder les beaux gars et on ne peut pas dire que celui-là était désagréable. J'avais l'intention de le suivre quand j'ai remarqué qu'un autre homme le filait. Un mec plein de fric, en tout cas il roulait en Renault 30 TX, une bagnole noire...

— Vous avez vu sa voiture. Vous vous souvenez du numéro ?

— Non, uniquement du département, 75. Un Parisien lui aussi. Alors j'ai laissé tomber et je me suis payé une autre séance de Pachinko.

— Vous pouvez me décrire votre concurrent, sa stature, ses vêtements...

— Oui, un type de taille moyenne, environ un mètre soixante-cinq, les cheveux gris-blanc, je l'ai vu de dos la majeure partie du temps, mais je lui donne au moins soixante ans. Sinon il était habillé comme un cadre, costume gris, chaussures noires.

J'appelai Lardenne.

— Merci pour ce client, c'est le premier à avoir aperçu le meurtrier. Il se balade dans une Renault 30 TX noire immatriculée à Paris. Il doit suivre Thiraud depuis son départ. Mettez-vous en rapport avec la gendarmerie, la police de la route et tous les postes de péage situés entre la porte de Saint-Cloud et les Sept Deniers. Vous laissez tout le reste de côté. Il ne doit pas y avoir plus de dix bagnoles de ce genre qui ont emprunté le trajet Paris-Toulouse au cours des deux derniers jours. Épluchez le moindre procès-verbal. De mon côté, je vérifie sur la ville ; on peut rêver !...

Il était à peine onze heures ; j'avais déjà encaissé un interrogatoire, une visite à la morgue et un entretien avec un passionné de Pachinko ! Il me manquait un bon café

pour tout digérer et je me dirigeai lentement vers le distributeur automatique. Je poussai mes deux pièces de monnaie d'un coup sec, pour aider au déclenchement du mécanisme. Un gobelet de plastique blanc descendit sur la grille ; un filet d'eau marron, dévié par quelques bulles, le remplit en silence. Un bâtonnet transparent se ficha dans la boisson et m'avertit de la fin de l'opération. Des cris interrompirent brusquement ma dégustation. Ça venait de la salle d'accueil et le vacarme dépassait de beaucoup le niveau moyen des engueulades avec le public. Je passai derrière les guichets. Le chef du service me harponna aussitôt.

— Nous n'y comprenons rien ; tous ces gens ont été convoqués par le commissaire Matabiau, mais nous ne retrouvons aucune trace de leurs dossiers…

— Vous en avez combien sur les bras ?

— Une trentaine pour le moment, Inspecteur ; il en arrive sans arrêt. Si seulement M. le Commissaire nous avait mis au courant.

— Je vais essayer de régler ça. Passez-moi une de ces convocations.

Il me remit un papier bleu, un formulaire classique, à en-tête du Commissariat, enjoignant le destinataire à se présenter d'urgence. Le motif était normalement souligné : « Mise en place du nouveau fichier informatisé, destiné à la lutte contre le terrorisme. » Le dernier paragraphe expliquait la rapidité avec laquelle tous ces gens avaient répondu : « *Les personnes convoquées sont tenues de comparaître et de déposer. Tout contrevenant est passible d'une peine pouvant atteindre dix jours d'emprisonnement et 360 francs d'amende (articles 61, 62 et suivants du Code de procédure pénale).* »

Le tampon « Commissariat Carnot-Toulouse » masquait à demi la date d'envoi : 28 juillet 1982.

— Relevez l'identité de tous ceux qui se présenteront avec une convocation comme celle-là et dites-leur de rentrer chez eux sans inquiétude. Nous leur ferons signe d'ici quelques jours. Je crois bien que nous avons affaire à des plaisantins.

— Comment le savez-vous, Inspecteur ?

— Vous avez bien fait de choisir une affectation dans les bureaux… Matabiau est parti en vacances avant le pont du 14 juillet, je ne vois pas comment il aurait pu signer ces papiers avant-hier. Un petit malin s'amuse avec nos nerfs mais il ne sera pas difficile à débusquer ; pour commencer, dressez donc la liste des employés qui ont accès aux formulaires vierges et aux tampons. Le brigadier Bourrassol effectuera un premier tri et m'enverra les heureux élus.

Trois jours plus tard, un seul problème était résolu : la Mairie de Toulouse venait d'accorder deux cent cinquante francs de prime à ses fossoyeurs. La reprise du travail fut votée à l'unanimité. Cela me permit de lever le cordon de sécurité mis en place au cimetière de Rapas et de récupérer quatre hommes.

Près de deux cents Toulousains avaient fait le siège des guichets du commissariat, scandalisés qu'on les soupçonne de terrorisme, sans que je parvienne à détecter l'origine des faux. L'enquête sur le meurtre de Bernard Thiraud marquait le pas. La synthèse du laboratoire de balistique traînait sur un coin du bureau. Un tir de comparaison avait été effectué avec l'arme retrouvée par les Services Municipaux. Le résultat du test du puits d'eau était formel : il s'agissait bien du pistolet dont s'était servi le meurtrier. Douilles et balles étaient absolument identiques. Le labo avait poussé la minutie jusqu'à joindre le cliché, trente fois agrandi, des stries relevées sur les balles. Le schéma des trajectoires m'apprit que Thiraud avait reçu deux balles de face et six autres dans le dos alors qu'il était à terre ; les impacts de facc étaient régu-liers : le laboratoire évaluait la distancc de tir entre deux et quatre mètres.

Les coups suivants avaient, au contraire, laissé d'importantes traces de combustion et le meurtrier ne devait pas se trouver à plus de cinquante centimètres de la victime.

Le rapport du brigadier Lardenne ne m'éclaira pas davantage. On aurait pu facilement penser que la Renault 30 n'existait pas, si son conducteur n'avait pas eu la mauvaise idée de marquer son passage d'un cadavre.

— Les pompistes, Lardenne, vous les avez interrogés ?

Il leva les bras au ciel et les rabattit en les faisant claquer sur ses cuisses.

— Bien entendu, Inspecteur. Un par un. Ce n'est pas compliqué, une voiture comme ça est munie d'un réservoir de soixante-dix litres… Sur autoroute, on évalue sa consommation à une moyenne de onze litres. En supposant qu'il ait fait le plein au départ, pas de doute, il tombe en panne sèche vers Marmande ou Agen ! En tout cas il s'est obligatoirement arrêté pour prendre de l'essence. Pourtant aucune station-service n'a reçu la visite de cette bagnole. À l'aller comme au retour.

— Et pourquoi pensez-vous qu'il soit reparti de Toulouse ?

— Ça me paraît logique. On dirait l'exécution d'un contrat. Le gars a pour mission de liquider Thiraud ; son boulot effectué il rentre tranquillement à la maison… Tout indique que nous avons affaire à un professionnel, comme la marque du pistolet. Un Llama Especial tout droit sorti de la série volée en Espagne.

— D'accord pour le flingue, mais il y a une chose qui ne colle pas du tout…

— Laquelle, Inspecteur ?

— L'assassinat tout simplement. Lisez le papier du labo. La scène est facile à reconstituer. Thiraud marche à la rencontre du tueur. Il ne le connaît pas de toute évidence. À trois ou quatre mètres, celui-ci dégaine et lui loge deux balles dans le corps, une dans l'épaule, l'autre dans le cou. Quand Thiraud est à terre il l'achève de six balles dans le dos, à bout portant. Vous connaissez beaucoup de professionnels qui travaillent de cette manière ? Non ! Un gars du métier, un exécuteur aurait attendu que la cible soit à un mètre ; en avançant le bras, il lui fourrait le canon sur le cœur ou sur la tempe, ça dépend des écoles ! Une balle, deux au maximum. Au lieu de ça notre bonhomme vide son chargeur, au risque d'ameuter tout le quartier et de se faire pincer. Lisez ce passage : seule la seconde balle a provoqué des lésions mortelles en traversant le cou. Aucune des autres n'a atteint d'organe vital. Ces six balles de trop m'inclinent à penser que le meurtrier était directement impliqué ; cela explique son acharnement. Ce n'est pas un professionnel, mais un amateur éclairé. Les plus coriaces. Pour le pincer nous dépenserons plus d'énergie et d'intelligence qu'il n'en faut pour mettre un Rubik-Cub en ordre. Vous ne croyez pas, Lardenne ?

Je ne lui laissai pas le temps de répondre.

— Allez, suivez-moi, nous allons faire un tour au Capitole : avant de mourir Thiraud a consulté les archives de la Mairie et de la Préfecture. Il se destinait à l'enseignement de l'histoire ; il est probable que ses démarches soient liées à ses études. Enfin, il ne faut rien négliger...

Le parking de la place du marché était bondé. Lardenne trouva une place rue du Taur devant l'enseigne de la Cave, un cabaret communautaire. La malchance nous accompagnait : Pradis, le maire-adjoint à l'Information, pérorait dans le hall d'accueil du Capitole tandis que nous faisions irruption. Il délaissa ses interlocuteurs et vint à notre rencontre.

— Monsieur l'Inspecteur Cadin, Monsieur le Brigadier ! Quelle coïncidence, je pensais vous appeler...

Il me prit par le bras et m'entraîna derrière un massif de fleurs qui formait paravent.

— ... Ça ne peut pas recommencer, Inspecteur, il est nécessaire de les arrêter immédiatement, sinon ils vont nous traîner dans la boue... Vous aussi ! La presse ne sait rien encore, mais je ne me fais pas d'illusions ! Dès qu'ils sentiront l'odeur de charogne ils se battront pour arracher tout le morceau.

Il suait à grosses gouttes. Des relents de transpiration m'arrivaient aux narines en effluves âcres. Je respirai par saccades pour atténuer l'agression olfactive.

— Mais arrêter qui ? Dites-le-moi, à la fin ! Je vous promets de faire mon possible.

— Les situationnistes !

— Qui ?

— Les situationnistes. Une bande organisée qui envoie ces fausses convocations concernant le fichier antiterroriste. Nous recevons des centaines de coups de téléphone de protestation. Le cabinet du Maire est submergé de demandes d'audience. N'oubliez pas qu'il est également député et qu'il joue un rôle important à la Chambre. Ils nous ont fait le même cinéma en 1977 avant les municipales, vous devriez vous en souvenir.

— À cette époque, je travaillais dans la région de Strasbourg et je m'intéressais assez peu à la cuisine électorale toulousaine.

— Je l'ignorais. Pardonnez-moi, cette histoire affole tout le monde, on ne parle que de ça dans les couloirs. En 1977 nous avons subi une attaque en règle : faux bulletin municipal diffusé à dix mille exemplaires, conférence de presse bidon, intoxication de la presse nationale. Jusqu'à une manifestation de chômeurs ! Les situationnistes avaient tout simplement annoncé la fin de leurs droits aux ASSEDIC à 1 500 chômeurs ; ils leur demandaient de venir déposer un dossier d'aide d'urgence auprès

du Maire. À onze heures du matin, la place grouillait de monde et je vous donne en mille ce qu'ils avaient inventé! Trois camionnettes de chez Pujol, le traiteur le plus renommé de la ville. On lui avait commandé, au nom du Maire, un lunch de luxe pour deux cents personnes : petits fours, toasts au saumon, au caviar, au foie gras. Je vous laisse imaginer la réaction des chômeurs persuadés d'avoir tout perdu, quand les serveurs de Pujol ont voulu traverser leurs rangs avec leurs plateaux remplis d'amuse-gueules.

— Astucieux, en effet. Vous avez mis la main sur ces situationnistes ? On ne se procure pas un fichier de 1 500 personnes sans laisser de traces.

Il remua la tête de droite à gauche et quelques gouttes de sueur, refroidies par le trajet, s'écrasèrent sur ma joue en provoquant un frisson de dégoût.

— Non, jamais. Pourtant cette campagne a dû coûter très cher. Ils ont disparu, sans tirer de profit apparent de la situation. Tout le monde était visé, aussi bien Baudis que Savary. Puis plus rien pendant six ans. Il y a quelques mois nous pensions avoir affaire à eux avec le C.L.O.D.O.

J'ai toujours pensé qu'il valait mieux éviter la fréquentation des édiles locaux, mais les talents de conteur de Prodis me feraient facilement revenir sur ma décision. Il s'interrompit après l'évocation de cette mystérieuse organisation et devança ma question.

— Oui, le Comité de Libération et d'Organisation Des Ordinateurs. Un groupe d'illuminés qui a fichu le feu au centre informatique régional. Ils nous ont obligés à refaire les formulaires de la taxe d'habitation ! Tout le travail était parti en fumée. Ceux-là sont sous les verrous et on a pu établir que leur action n'avait rien à voir avec celles des situationnistes.

— J'ai tout mis en œuvre pour retrouver ces faussaires ; ils ne courront pas bien longtemps, je vous l'assure. Pour le moment je me retrouve avec une affaire de meurtre sur les bras et vous comprendrez que je m'y consacre en priorité. Il est préférable de laisser des plaisantins en liberté plutôt qu'un assassin.

— Monsieur l'Inspecteur, je ne suis pas de cet avis. Faites patienter votre meurtrier, il ne demande pas mieux, mais empêchez-les de nuire. Ils essaient de nous déstabiliser, il y va de la démocratie.

— Je vous le répète, nous nous occupons de ce problème. Apprenez par la même occasion que je fixe les priorités dans mon travail. Si vous n'êtes pas d'accord avec moi, allez faire un tour à la morgue. Demandez à voir Bernard Thiraud, de ma part !

Je le laissai cloué sur place et je rejoignis le brigadier Lardenne. Direction les archives ! Selon le chef de service, Bernard Thiraud s'intéressait aux documents

administratifs concernant les années 1942 et 1943. Il nous désigna une table et nous apporta la totalité des dossiers consultés par la victime. Je passai le contenu d'une boîte en revue : des contrats, des passations de marché, des délibérations, tout un fatras de papiers recouverts de tampons, de dates, de chiffres. Rien d'inquiétant. Si seulement nous avions un axe de recherche ! La journée s'annonçait difficile. Elle le demeura. Je ne trouvai rien de significatif si ce n'est l'état annuel de la taxe sur les chiens pour la région de Toulouse en 1942.

Lardenne exhuma une liasse de documents qui émanaient du Conseil de Guerre condamnant De Gaulle, général de brigade, au peloton d'exécution pour haute trahison. À cinq heures et demie nous quittions le Capitole, découragés, au milieu des employés communaux. Lardenne m'entraîna en direction du Florida, un bar de la place.

— Ça fait des années que je n'y mets plus les pieds. C'était notre lieu de rendez-vous pendant les années de fac. Je me souviens, on disait partout qu'il fallait se méfier en parlant.

— Ah oui, pourquoi ?

— C'était le troquet le plus fliqué de Toulouse. Une légende, très certainement…

— Allons-y, pour une fois il justifiera sa réputation.

Le lendemain, à la Préfecture, nous étions reçus par M. Lécussan, Directeur des Archives Administratives, un vieux fonctionnaire ridé, affligé d'un pied-bot. Il nous précéda dans le dédale des rayonnages. Son corps vacillait à gauche, mais quand sa tête menaçait de heurter les montants de fer, sa prothèse frappait le sol parqueté et il revenait à la verticale. Il accompagnait son déhanchement d'un grognement presque inaudible.

— Après votre communication téléphonique, Inspecteur, j'ai consulté les dossiers que la victime a souhaité étudier. Toute la cote DE. Des vieilleries comme il y en a tant ici. J'ai fait déposer l'ensemble des documents dans mon bureau. Vous serez plus à l'aise pour travailler. Je me tiens à votre entière disposition.

Il referma doucement la porte puis s'éloigna dans les couloirs sur son rythme binaire.

— C'est pratique, nous sommes certains qu'il n'écoutera pas à la porte…

Sa plaisanterie le mit en joie : Lardenne saisit la première liasse plein d'entrain.

DEbroussaillage… DEdommagements… DEfense passive…

Les papiers administratifs qui défilaient entre nos mains au cours de cette journée

différaient peu des précédents. Ils concernaient cette fois l'ensemble du département de la Haute-Garonne et non la seule ville de Toulouse. Nous étions bientôt incollables sur les problèmes d'assainissement à Muret, à Saint-Gaudens ou sur les doléances des communes de Montastruc et de Lèguevin au sujet de la réfection respective des routes nationales N 88 et N 124. Les hasards du classement faisaient se rencontrer le burlesque et le tragique. Ainsi, une note du Préfet exigeait l'annulation des DElibérations de la DElégation spéciale de Lanta, sous prétexte que les membres du Conseil Municipal s'étaient réunis dans l'arrière-salle de l'auberge. Les lettres suivantes où ils expliquaient leur attitude par l'effondrement du toit de la mairie n'y firent rien et le Préfet maintint sa décision. La chemise répertoriée après DElibérations portait une inscription soigneusement calligraphiée, avec ses pleins et ses déliés : DEportation.

La DEportation était traitée de la même manière que les autres tâches de l'administration ; les fonctionnaires semblaient avoir rempli ces formulaires avec un soin identique à celui apporté aux bons de charbon ou à la rentrée scolaire. On manipulait la mort en lieu et place de l'espoir. Sans s'interroger. Épinglé sur un carton, un télégramme jauni signé Pierre Laval, daté du 29 septembre 1942 recommandait aux autorités préfectorales de ne pas démembrer les familles juives promises à la déportation et précisait que *devant l'émotion suscitée par cette mesure barbare, j'ai obtenu de l'armée allemande que les enfants ne soient pas séparés de leurs parents et puissent ainsi les suivre*.

Une liasse de circulaires revêtues du paraphe A.V. mettait ces directives en œuvre. Contre la barbarie, direction Buchenwald et Auschwitz !

Je confiai la pile référencée « DEratisation » au brigadier Lardenne et je me replongeai dans les immensités bureaucratiques de la « DEsinfection ».

CHAPITRE IV

Le portier du Mercure était occupé à caser les valises dans le coffre de la Coccinelle, tandis que Claudine Chenet réglait la note à la réception. Je l'interceptai au passage.

— Bonjour, je tenais à vous saluer avant votre départ.

— Je ne m'attendais pas à tant de politesse de la part de la police toulousaine. Vous faites votre possible mais ça ne parviendra pas à me rendre cette ville sympathique...

— J'en suis désolé... Je suis venu vous confirmer que le corps de Bernard Thiraud sera rapatrié dès lundi. L'autopsie ne nous a pas appris grand-chose.

À l'évocation du travail du médecin-légiste elle ferma les yeux, longuement.

— Excusez-moi, je n'arrive pas à m'y faire... Vous êtes sur une piste ?

— Non, pas vraiment. Nous possédons un signalement assez précis du meurtrier présumé. Actuellement, le brigadier Bourrassol établit la liste de toutes les personnes présentes à la Préfecture le soir du drame. Ensuite nous vérifierons leur activité, leur situation financière, leurs problèmes affectifs...

— Dans quel but ? En quoi cela peut-il concerner la mort de Bernard ?

— Écoutez-moi, ce n'est qu'une hypothèse absurde, mais il faut l'envisager : admettons que l'assassin ne possède qu'un signalement approximatif de son objectif et que votre ami corresponde justement à ce signalement...

— Non, c'est impossible ! Cela reviendrait à dire que Bernard est mort pour rien. Une bavure d'un nouveau genre, sans plus !

— Je vous le répète, ce n'est qu'une hypothèse de travail mais il n'est pas dans mon pouvoir de l'écarter. L'assassin et ses commanditaires, dans ce cas de figure, ont dû s'apercevoir de leur erreur ; ils n'auront rien de plus pressé que d'exécuter leur contrat. Mon boulot consiste à les en empêcher. Il m'arrive de courir après des fantômes plus souvent qu'à mon tour... Mais soyez rassurée, je n'abandonne pas pour autant la piste initiale. Il est très probable que le meurtrier a bien rempli sa mission. Ça implique qu'il vous a pris en chasse à Paris ou, qu'ayant appris votre

départ et votre destination, il se soit précipité ici.

— Vous semblez bien sûr de vous, Inspecteur.

— Sinon, je ne comprends pas pourquoi un assassin viendrait à Toulouse tuer l'homme qu'il a sous la main à Paris ! Par la suite il a réussi à dénicher votre hôtel et il a filé Bernard le matin où il se rendait à la Préfecture. Il a fait le guet la journée entière, puis il a suivi Bernard à sa sortie. Il a profité du passage dans une rue déserte pour commettre son crime.

— Mais comment a-t-il pu nous localiser aussi rapidement ?

— Au premier abord ça semble compliqué. Mais lorsqu'on cherche quelqu'un et qu'on est déterminé à lui mettre la main dessus, on se rend compte que c'est aussi simple que bonjour. Vos parents, vos amis étaient au courant de vos projets. Le meurtrier a passé un coup de fil en se faisant passer pour un proche. Comment croyez-vous que nous procédons ? De la même manière ! Pour votre hôtel, c'est enfantin. Le syndicat d'initiative édite chaque année un guide des hôtels de Toulouse. Le gars s'est contenté de relever tous les numéros et d'appeler systématiquement avant d'arriver à la lettre M de Mercure Saint-Georges. À sa demande le réceptionniste s'est fait un plaisir de confirmer le séjour de M. et Mme Thiraud. L'hôtel possède 170 chambres, le standard traite une moyenne de 1 200 communications journalières : j'ai eu le chiffre à la Direction. Malheureusement personne ne se souvient d'un appel aussi anodin. Pas de miracle !

Le portier du Mercure avait fini de ranger les bagages, il s'approcha de nous. Claudine ne faisait pas attention à lui. Je sortis vingt francs de ma poche et les glissai dans le creux de la main du gars en livrée, qui me remercia par un sourire appuyé et une courbette de première classe. Claudine se rendit compte de la situation et tenta de me rembourser.

— Non, gardez cet argent. D'ailleurs j'ai une proposition à vous faire. Je dois passer quelques jours à Paris pour l'enquête. Si vous acceptiez de me prendre à vos côtés... je vous tiendrais compagnie pour le voyage.

Elle accepta sans prendre le temps de réfléchir. Je rejoignis Lardenne qui stationnait au parking de l'hôtel et interrompis son combat avec le Rubik-Cub.

— Passez-moi ma valise. Je ne prends pas le train, Mlle Chenet m'a proposé de faire le chemin avec elle. Pour le retour, rien de changé, vous me prenez samedi prochain au train de onze heures.

— D'accord Patron, à moins que vous ne trouviez un autre chauffeur d'ici là !

À la réflexion, c'était bien la première fois qu'il m'appelait Patron.

Nous avions laissé l'aéroport de Blagnac sur la gauche. Le compteur de la Volkswagen ne quittait pas le cent trente à l'heure. À ce rythme nous étions sûrs d'arriver à Paris en milieu d'après-midi. Mais à la vue du Restoroute de Saint-André-de-Cubzac, elle se décida à faire une pause. Ce n'était pas pour me déplaire, et les diapositives verdâtres, vantant les saveurs incomparables des plats servis au bar ne parvinrent pas à me couper l'appétit. Un car de touristes espagnols déversa sa cargaison devant les portes alors que nous nous installions. Je commandai un œuf mayonnaise et un grillados-frites. Claudine se contenta d'un plat de crudités et d'un thé. Mis à part les futilités (la fumée ne vous dérange pas ? Vous n'avez pas trop d'air ?) elle n'avait pas décoché un mot depuis le départ de Toulouse ; j'essayai de renouer le dialogue.

— Quel genre d'études faites-vous ?

La réponse me surprit par sa concision.

— Histoire.

Je m'accordai dix bouchées de réflexion avant d'oser une nouvelle question.

— Quelle période ?

Mes efforts furent récompensés, elle sortit de sa mélancolie.

— La zone parisienne au début du siècle. Plus particulièrement, la population qui s'est installée sur l'emplacement des fortifications de Paris, après leur démolition en 1920. Pour vous situer, c'est approximativement l'emprise actuelle du périphérique.

L'évocation de ses recherches l'avait animée ; je décidai de rester sur le même terrain.

— C'est un drôle de sujet pour une jeune femme comme vous ! J'ai lu quelques bouquins d'Auguste Le Breton ; on s'attendrait plutôt à voir un militaire à la retraite, à la limite un flic, s'intéresser à ce genre d'études. Bernard aussi était historien. Il était spécialiste de la Seconde Guerre mondiale, je crois ?

Elle reposa sa fourchette et me fixa en esquissant une moue.

— Non, pas du tout. Il préparait une thèse sur « L'enfant au Moyen Âge ». Vos renseignements sont inexacts.

— C'était une simple supposition ! Votre ami a consulté au Capitole et à la Préfecture, des liasses de documents sur la période 1942-1943. J'en ai déduit qu'il profitait de votre passage à Toulouse pour compulser des archives indisponibles à Paris.

Elle demanda deux cafés au serveur et appuya sa tête sur ses paumes en comprimant ses joues. Ses longs ongles vernis et acérés pointaient sous ses yeux. Je me mis à la détailler pour la première fois ; une évidence que j'essayais inconsciemment de contourner s'imposa à moi. Ces quelques moments d'intimité avaient aboli la

distance, Claudine n'était plus une simple «cliente». Je savais qu'elle devait quitter la ville ce matin, le juge d'instruction m'en avait informé et je n'avais rien eu de plus pressé que d'obtenir cet ordre de mission pour Paris… Dans ma courte carrière j'étais déjà tombé deux fois amoureux de témoins ou de victimes. Et dire que certains trouvent que la police manque de cœur ! En Alsace d'abord, où j'avais rencontré Michèle Shelton, l'amie d'un jeune militant écologiste assassiné. À Courvilliers ensuite, une ville-dortoir de la banlieue parisienne. Là encore je ne m'étais pas avoué facilement mon intérêt pour Monique Werbel. Il y avait de quoi : quand j'avais fait sa connaissance elle était allongée sur son lit, une balle de neuf millimètres venait de lui transpercer la poitrine. Le plus ringard des psychanalystes réussirait à soutirer dix ans de séances bi-hebdomadaires d'un paumé qui lui annoncerait un tel programme ! Éros et Thanatos, le couple maudit !

Mon regard s'était fait insistant.

— Pourquoi me regardez-vous de cette manière, Inspecteur ? Vous me mettez mal à l'aise, comme si vous doutiez de mon innocence…

— Vous voulez que je sois franc ?

— C'est votre rôle, je crois. Sinon ce serait à désespérer de tout !

— Je suis atteint d'une maladie professionnelle très répandue chez les jeunes flics, surtout lorsqu'ils sont en face d'un témoin aussi joli que vous.

Ses mains quittèrent son visage ; elle fut debout en un éclair.

— Taisez-vous immédiatement, Inspecteur. Je ne vous emmène pas à Paris pour entendre ce type de discours, mais pour faciliter l'enquête. Je n'ai pas le cœur à jouer à la veuve outragée et si j'enterre Bernard cette semaine, sachez que je ne suis pas prête à repartir pour un nouveau massacre.

Elle prononça la phrase suivante sous le tunnel de Saint-Cloud, cinq cent cinquante kilomètres plus loin.

— Je vous dépose à quel endroit ?

— Au coin de l'avenue de Versailles, il y a une station de taxis.

Elle ne me proposa pas de me rapprocher et fit grincer la première vitesse en quittant le bord du trottoir.

Le lendemain, ma première visite me conduisit à l'île de la Cité. Je montrai mon ordre de mission à cinq ou six reprises avant de pouvoir accéder au fichier central. Le dernier huissier satisfait, j'entrai dans la salle du quatrième étage. Tout était gris, le sol, les murs, les étagères. Jusqu'aux employés revêtus de blouses sombres, dont les joues et les cheveux avaient pris la teinte dominante. Une odeur de poussière réchauffée flottait dans l'immense pièce. Une vieille odeur incrustée depuis des années, prisonnière des larges tentures qui recouvraient les fenêtres et de la série de portes à double battant qui menaient aux escaliers.

Une note placardée à l'entrée m'informa que le système de classement reposait sur deux données distinctes : le nom de famille de la personne recherchée et l'adresse à laquelle elle était censée habiter. Je tendis mon questionnaire au préposé. Il m'indiqua une chaise libre d'un mouvement de tête. Je m'assis à côté d'un fonctionnaire de police abattu par l'ingratitude de sa tâche. Les recherches demandèrent une heure ; on m'appela au guichet avant de me remettre une fiche brune.

A) Fichier alphabétique : Bernard Thiraud, inconnu.

B) Fichier d'arrondissement : 5 rue Notre-Dame-de-Bonne-Nouvelle, Paris 2ᵉ. Personnes fichées 1) Alfred Drouet. 2) Jean Valette. 3) Roger Thiraud. 4) Françoise Tissot.

Je remplis un second questionnaire au nom de Roger Thiraud et le remis à l'employé. Il se contenta d'un rapide aller-retour, puis écrivit directement les renseignements devant moi.

A) Fichier alphabétique : Roger Thiraud, professeur d'histoire au lycée Lamartine, né le 17 juillet 1929 à Drancy (Seine). Décédé le 17 octobre 1961 lors des émeutes F.L.N. à Paris. Élément européen probablement lié au mouvement terroriste algérien. »

Le service de l'État Civil de la Mairie de Paris me confirma qu'il s'agissait bien du père de Bernard Thiraud. Je filai aux Renseignements Généraux. Un collègue avec lequel j'étudiais à la fac de Strasbourg avait pris la direction de la section Identification. Coup de chance, il était dans son bureau, plongé dans les rondeurs glacées d'un magazine pour hommes modernes.

— Salut Dalbois ! On ne s'embête pas aux R.G. ! C'est le patron qui vous paye l'abonnement ?

Il sursauta et posa le bouquin grand ouvert à la fille centrale.

— Cadin, quelle surprise ! Je te croyais à Toulouse. Qu'est-ce que tu viens manigancer dans le quartier ?

— Rien de compromettant, rassure-toi. Je travaille sur une affaire de meurtre ; un Parisien qui est venu se faire descendre à deux pas de mon commissariat. Ça me vaut huit jours à Paris aux frais de la princesse. Et toi, ça marche ?

Il agita la main comme pour imiter le roulis d'un bateau.

— Moyen... On épure les fichiers. Il faut refiler tout ce qui touche de près ou de

loin au terrorisme au nouveau service qu'ils ont créé, au Ministère. Depuis deux mois je ne fais que ça. Finies les enquêtes de terrain, ils m'ont transformé en employé de bureau !

Il se leva et déplia sa longue silhouette. Le manque d'entraînement était visible de profil : un bourrelet de graisse ceinturait sa taille et tendait le tissu de sa chemisette d'été. Il avait toujours ce teint jaune des gens qui ne supportent pas l'alcool mais ne parviennent pas à s'en passer. En cinq ans, il avait perdu la majeure partie de ses cheveux ; la calvitie butait sur une mince bande qui prenait naissance au-dessus de chaque oreille pour s'élargir sur la nuque. Il avait gardé le goût des vêtements nets, bien que la modicité de son traitement le conduisît à fidéliser ses achats aux Trois Suisses, plutôt que chez Cardin.

— Si ce n'est pas pour le boulot, tu viens me rendre visite comme ça, en souvenir du bon vieux temps ? Pourtant je me rappelle qu'on n'était pas souvent du même avis tous les deux !

Je m'avançai vers lui et lui tapai sur l'épaule, d'un geste amical.

— On ne s'est jamais battu ensemble… En fait, j'aurais besoin que tu me rencardes sur une histoire qui date de plus de vingt ans. D'octobre 1961 pour être précis.

— Qu'est-ce que ça vient faire dans ton enquête ?

Je décidai d'être franc avec lui : il ne dirigeait pas un service de renseignements sur sa bonne gueule. Au moindre flou, il se refermerait définitivement.

— Le père du gars assassiné à Toulouse est mort lors des émeutes algériennes du 17 octobre 61. J'ai appris ça au fichier. C'est peut-être une piste valable. Tu as déjà entendu parler des porteurs de valise, ces Européens qui ramassaient l'argent pour le compte du F.L.N. et qui le faisaient transiter en Suisse…

Il hocha la tête et commença à se balancer sur son fauteuil.

— Oui, bien sûr. Le réseau Jeanson et tout le tremblement… Dans la maison il y a encore deux ou trois ancêtres qui ont suivi l'affaire de bout en bout. Toutes les filières ont arrêté de fonctionner en juillet 62, au moment de l'indépendance. Les dossiers sont classés, enterrés. Je crois même que tous les Français condamnés pour avoir aidé le F.L.N. sont amnistiés. Je ne vois pas ce que tu espères trouver de ce côté-là, sinon des emmerdements.

La persuasion avec laquelle il tentait de me convaincre signifiait l'exact contraire. Le sujet était trop sensible ; l'« ami d'enfance » s'était mué en gardien du temple.

— Supposons que le père Thiraud se soit mouillé dans la combine des valises de fric du F.L.N. Sa liquidation en octobre 61 peut être l'œuvre de barbouzes chargées de nettoyer le paysage politique… En ce temps-là, on n'appréciait pas beaucoup les

Français qui passaient de l'autre côté.

— Tu vas un peu loin, Cadin, tu te rends compte de ce que tu racontes?

— Oui, tout à fait. Au début il y a eu quelques procès mais le résultat était contraire, ça leur faisait de la publicité à bon compte et les transformait en martyrs. Ne viens pas me dire qu'en travaillant dans ce service, tu ignores ces petits détails. Ils ont toujours pratiqué de cette manière. Pour liquider l'O.A.S. également, c'est un ancien préfet de Seine-Saint-Denis qui dirigeait les commandos gaullistes. Enfin, il n'y a pas que l'hypothèse des barbouzes, je n'exclus pas l'idée que le F.L.N. se soit chargé du travail, par exemple, en représailles contre la disparition d'un colis ou pour punir un convoyeur trop bavard. Je dirais même que cette explication me paraît plus satisfaisante, car elle a l'avantage de faire le lien avec le meurtre du fils. Imagine qu'en fourrant le nez dans les affaires de son père, il ait découvert une partie du trésor de guerre du F.L.N...

— Tout à l'heure, en entrant, tu te foutais de moi parce que je jetais un œil sur un bouquin de cul! Toi, tu préfères le roman-feuilleton! Il est planqué où ton trésor de guerre? Dans une salle secrète du Capitole?

— À Toulouse peut-être. C'est une des villes qui comptent le plus grand nombre de rapatriés d'Algérie, et de gens susceptibles de vivre dans le passé. Ça vaut le coup de vérifier! Je ne te demande qu'une chose, sortir le dossier Roger Thiraud pour me permettre d'en prendre connaissance.

Il attrapa le téléphone noir posé sur le coin de son bureau et composa un numéro intérieur à trois chiffres.

— Je vais voir ce qu'il est possible de faire pour toi.

Son correspondant était visiblement en ligne car il dut s'y reprendre à deux fois avant de l'obtenir.

— Allô, Gerbet? c'est Dalbois de l'Identification. J'ai besoin de me faire une idée sur les porteurs de valise. Il est possible que certains d'entre eux se soient reconvertis dans les réseaux terroristes. Tu dois avoir une synthèse sous le coude. Pendant que je te tiens, ajoute donc le dossier Roger Thiraud, un mec du F.L.N., un Européen décédé lors des manifestations algériennes d'octobre 61.

Il raccrocha content de lui. Il semblait surtout heureux d'avoir montré l'étendue de son pouvoir à un petit inspecteur de province.

— Tu auras tout ça dans un quart d'heure. Sinon, tu es marié?

— Non, je n'ai pas le temps de m'habituer à un coin, que je suis déjà muté! Je vais voir à Toulouse... Et toi?

Il se tapota le ventre et redressa la tête.

— Ça ne se voit pas ? Tu auras bien un moment pour faire connaissance avec Gisèle, c'est une excellente cuisinière. Demain soir, par exemple ? Je m'arrangerai pour faire garder les deux mômes par la belle-mère.

J'acceptai afin de ménager mes intérêts. Au moins je n'aurais pas à me forcer pour amuser les gosses. Un collègue de Dalbois, Gerbet très certainement, pénétra dans la pièce et déposa un volumineux dossier sur le bureau.

— Tiens voilà… C'est tout ce que nous avons sur les réseaux d'aide aux fellouzes. Tu es peut-être sur du sérieux, plusieurs noms sont en rouge sur les listings du terrorisme. On les ressort une à deux fois par an ! Surtout tous ceux qui gravitaient autour de Burdiel. Mais je te préviens, ce sont de très gros poissons, on n'a jamais réussi à prouver quoi que ce soit… On se contente de recoupements, de coïncidences ; ensuite c'est le brouillard. Même quand Burdiel s'est fait descendre par le groupe « Honneur et Police », on n'a rien trouvé sur son compte.

En parlant, le gars ne cessait de jeter des regards rapides dans ma direction. Dalbois se décida à le rassurer.

— C'est un ami, l'Inspecteur Cadin. Il enquête sur une vague histoire de meurtre à Toulouse. Il profite de son passage à Paris pour faire signe aux vieux copains ! Tu peux continuer Gerbet, nous sommes entre nous.

Gerbet me serra la main et poursuivit son discours à l'intention de Dalbois.

— Si tu mets ton nez là-dedans, sois prudent. Ils ont exécuté Burdiel à la suite d'une intox de nos services. Depuis la fin de la guerre d'Algérie, il avait abandonné le service actif et militait pour le rapprochement politique des Palestiniens et de la gauche israélienne. On nous a fait gober qu'il était en contact avec des éléments armés, opérant sur le territoire national, que son appartement servait de planque. Des fuites ont été organisées à partir de documents d'enquête ; la presse a sorti l'histoire. Une semaine plus tard, Burdiel se faisait aligner par le groupe « Honneur et Police ».

— O.K. Je marcherai sur des œufs. Et le dossier Thiraud ?

Gerbet posa un dossier de couleur bulle devant Dalbois et l'ouvrit. Il contenait trois ou quatre feuilles dactylographiées.

— Je me demande bien ce que tu peux vouloir à ce type. On peut résumer sa vie en deux lignes…

Dalbois saisit les feuilles en lui lançant :

— Je me fous de sa vie, ce qui me passionne à son sujet, c'est justement sa mort ! Tu me laisses cette paperasse, je te la retourne avant ce soir.

Gerbet me salua et quitta la pièce.

— Vraiment charmant ton collègue. J'imaginais des rapports plus tendus dans un service de renseignements. Tu as juste à demander poliment qu'on te livre les secrets d'État à domicile et ça suit.

— Non, il ne faut pas rêver. Certains se font tirer l'oreille mais pas Gerbet. Il ne peut rien me refuser.

— Et pourquoi donc ?

— Permets-moi de tenir à la discrétion. Mon boulot consiste à savoir un maximum de choses sur un maximum de gens. En règle générale, des faits dont les principaux intéressés masquent l'existence. Suppose un instant que tu sois employé à la Préfecture et que des bruits insistants mettent en doute l'intégrité morale de ta femme… Par exemple qu'elle ne dédaigne pas la compagnie de très jeunes filles…

— Pas de chance, je t'ai déjà dit que je ne suis pas marié !

Dalbois se mit à sourire.

— Ce n'est pas le cas de Gerbet. Arrêtons de parler de ces conneries, si je continue, je vais passer pour un salaud. Voyons le pedigree de ton bonhomme…

Il sortit une fiche de la chemise.

— … «Roger Thiraud, né le 17 juillet 1929 à Drancy, Seine, décédé le 17 octobre 1961 à Paris, Seine. Professeur d'histoire au lycéc Lamartine à Paris. Marié à Muriel Labord. Un enfant né postérieurement au décès du père (Bernard Thiraud le 20 décembre 1961 à Paris). Domicilié 5 rue Notre-Dame-de-Bonne-Nouvelle Paris deuxième arrondissement. Aucune activité politique ni syndicale. Membre de la Société des Gens d'Histoire. Son nom figure en 1954 sur une liste de signatures référencée "Appel de Stockholm". »

— Ça consistait en quoi cet appel ?

Dalbois posa le papier et me regarda.

— Une pétition internationale pour l'interdiction des armes atomiques.

— Ça venait des communistes ?

— Ils étaient dans le coup, mais l'appel a été signé par plus d'un million de Français… Si on se met à l'éplucher, on tombe sur la moitié des députés de l'actuelle assemblée, majorité et opposition confondues. Il est difficile d'accorder une trop grande importance à un indice de ce genre. Il y a aussi la déclaration de l'institut médico-légal : *«Découvert mort d'une balle dans la tête, tempe droite, à l'issue des émeutes algériennes du 17 octobre 1961. Heure probable du décès : entre 19 et 24 heures. Autopsie : néant. Vêtements et objets divers relevés sur le cadavre : costume trois-pièces en laine, de marque Hudson, taille 42, teinte grise, rayures blanches. Chemise dite américaine bleu clair, taille 38. Maillot de corps et slip blancs sans marques. Chaussures noires Woodline, ressemelées. Chaussettes de couleur noire, marque Stemm. Une montre Difor en état de marche ; un portefeuille contenant une carte d'identité et une carte professionnelle délivrée par l'Éducation nationale au nom de Roger Thiraud. Une facture d'un montant de 1 498 nouveaux francs pour l'achat d'un téléviseur Ribet-Desjardins équipé deuxième chaîne. Cent vingt-trois nouveaux francs en liquide. Un ticket de cinéma provenant du Midi-Minuit. »* C'est tout. Il n'est pas bien bavard ton client !

— Non. Je me fous totalement de savoir s'il porte des slips Petit Bateau ou des slips Éminence… À la limite ce qui me paraît le plus intéressant, c'est d'apprendre qu'il allait dans un ciné appelé Midi-Minuit. Tu connais ?

— De réputation ; actuellement ils se sont reconvertis dans le porno, mais à l'époque c'était le rendez-vous des amateurs de fantastique. Ils programmaient des films de vampire, de sorcellerie. C'était aussi mal vu, alors, de fréquenter ce cinéma que de passer une soirée à Pigalle.

— Si je m'appelais Hercule Poirot, je noterais le numéro du billet et je filerais au Centre National du Cinéma pour relever la date exacte à laquelle ce coupon a été délivré. Avec un renseignement de cet ordre je peux savoir le titre du dernier film vu par Roger Thiraud. Accessoirement l'âge de la placeuse ! Qu'est-ce que je peux espérer de mieux ? Rien. Ce dossier est incomplet. Ou pire, il est bidon. On doit trouver des éléments plus décisifs quelque part… Cette manifestation, par exemple. Je me suis vaguement renseigné. La Préfecture a reconnu entre quatre et dix morts, cela dépend des communiqués. Le S.D.P., le syndicat départemental de la police, a publié un bilan qui fait état de soixante morts vérifiés. Par contre, la Ligue des Droits de l'Homme…

En entendant ce nom, Dalbois ferma le poing droit et fit mine d'enfoncer son majeur pointé dans un postérieur imaginaire.

— … oui, je sais ce que tu penses de ce type d'organisation, mais dans cette affaire leur avis en vaut bien un autre. Ils parlent de deux cents morts le soir des troubles et autant au cours de la semaine qui a suivi. Ce que j'essaie de souligner c'est qu'il s'agit d'une histoire importante. Un Oradour en plein Paris ; personne n'en sait rien ! Il doit bien exister des traces d'un pareil massacre…

Dalbois se gratta la joue et s'appuya sur le dossier de son siège.

— Je vais voir ce que je peux faire.

Il reprit son téléphone et rappela Gerbet.

— Je viens de jeter un œil à tes papiers ; c'est maigre. Dès que tu arrives à te libérer, passe les prendre. D'ailleurs, j'ai encore une ou deux questions à éclaircir.

Puis à mon intention :

— Il rapplique tout de suite. Laisse-moi poser mes jalons et reste dans ton rôle de cousin de province, on s'y croirait !

Deux minutes plus tard, Gerbet était assis à ma droite. Il écoutait Dalbois qui agitait la chemise bulle devant ses yeux.

— C'est tout de même extraordinaire, on ramasse un prof d'histoire sur un trottoir parisien, la tête truffée de plomb et on ne prend pas la précaution de pratiquer une autopsie. Rien. Pas d'enquête non plus ; on ne recherche ni les causes de la mort ni l'assassin ! On croit rêver. D'après ces papiers, personne n'a pu établir que Robert Thiraud ait eu partie liée avec le F.L.N. Il apparaît comme un petit prof tranquille, inoffensif. Qu'est-ce que ça cache ? Il y a sûrement d'autres éléments. Tu es au courant ?

Gerbet se trémoussa sur le fauteuil. Mal à l'aise, il s'éclaircit la voix.

— Écoute Dalbois, laisse tout ça tranquille. Tu es le premier à remuer ces questions depuis vingt ans. Ça ne servirait à rien ni à personne d'établir qu'un professeur d'histoire renseignait une organisation subversive et que l'État français a choisi de l'abattre. Aujourd'hui ces événements concernent deux pays, la France et l'Algérie. Les gouvernements n'ont aucun intérêt à voir resurgir certains fantômes. La découverte du charnier de Kenchela en a administré la preuve. Des terrassiers ont mis à jour plus de neuf cents squelettes en construisant un stade de football dans l'est des Aurès. Il s'agit, selon toute vraisemblance, de soldats de l'armée de Boumédienne exécutés par la Légion qui avait un camp à cet emplacement. Les autorités algériennes sont restées très discrètes. Elles ont utilisé cette découverte au seul plan intérieur. Il n'y a pas eu de campagne antifrançaise déclenchée à cette occasion. Il a fallu que ce soit un « fouille-merde » de *Libération* qui se charge du travail.

— Tu veux dire qu'il va falloir attendre la sortie de *Libération* pour connaître les raisons de la mort de Roger Thiraud ?

— Non ce n'est pas du tout ça ! Il faut être clair. Les gens actuellement au pouvoir en France ont condamné l'action de la police, à l'époque. Dans leur grande majorité. En exhumant le passé, le gouvernement algérien ne réussirait qu'à les braquer et à raviver des oppositions, des rancœurs. L'heure est à l'oubli, sinon au pardon.

— Je ne te comprends pas bien, Gerbet. Si les dirigeants actuels critiquaient la police et le rôle qu'on lui faisait jouer, c'est une bonne manœuvre pour eux de ressortir le dossier et de se faire mousser au nom de la fidélité à leurs principes.

Gerbet ne semblait pas apprécier la tournure prise par la conversation. Il remuait de plus en plus sur son siège et recommençait à me lancer des regards désespérés.

— Pour tout t'avouer, l'Inspection Générale des Services a fait une enquête en octobre 1961, sous la pression des députés et des sénateurs de l'opposition. Un peu comme Begin avec les massacres de Sabra et Chatila. Sept juges ont été commis sous l'autorité du ministre de l'Intérieur d'alors. Tu n'ignores pas que ce personnage est aujourd'hui président du Conseil Constitutionnel, ce qui donne la mesure des précautions à prendre avant d'effleurer ce dossier... Les juges ont dû, entre autres choses, se prononcer sur les causes des décès de soixante personnes dont les corps avaient été amenés à l'Institut Médico-légal dès le lendemain de la manifestation. Celui de Roger Thiraud devait faire partie du lot. Nouvelle coïncidence, cette commission a vu le jour grâce à l'insistance de l'actuel ministre de l'Intérieur.

— Et le résultat ?

— « Classé sans suite. » Il était établi, dans les conclusions du rapport, que la police parisienne avait répondu à sa mission, en protégeant la capitale d'une émeute déclenchée par une organisation terroriste. Très peu de choses ont été rendues publiques. Il existe deux volumes des travaux de cette commission et une synthèse de l'action des différents groupes d'intervention au cours de cette nuit. Un au Ministère, l'autre ici, dans les archives de la Police Nationale.

Dalbois se leva en souriant.

— Eh bien, c'est celui-ci que je désire consulter.

Gerbet était devenu très pâle ; il suait abondamment. Il s'était tassé dans son fauteuil, les épaules courbées.

— C'est absolument impossible. Personne n'y a accès. Seul le Ministre est habilité à le faire sortir du coffre et à en divulguer le contenu. Tu connais les décrets concernant la publicité des documents d'État. Cinquante ans de secret absolu. Il n'est pas dans mon pouvoir d'y déroger. Et certains dossiers explosifs pourriront pendant des siècles entiers avant de revoir la lumière. Vous savez tout autant que moi que les gouvernements ont besoin d'une police forte et unie. Remettre l'affaire d'octobre 1961 sur la place publique produirait l'effet inverse. On en viendrait vite à juger les décisions d'un ministre de l'Intérieur et l'action d'un préfet de police. Un tel remue-ménage provoquerait la déstabilisation d'une bonne moitié des commandements des Compagnies Républicaines de Sécurité. Elles sont toujours sous l'autorité des mêmes officiers. Qui peut souhaiter un tel bouleversement ? Certainement pas le pouvoir politique. Le gain serait ridicule en regard de la perte de confiance qu'il subirait dans l'ensemble des corps de maintien de l'ordre et dans l'armée.

Dalbois se décida à mettre fin à son supplice.

— Ce qui est appréciable avec les professionnels des R.G., c'est leur connaissance approfondie de tous les dossiers… Rassure-toi, Gerbet, je ne vous demanderai pas d'éventer les Secrets d'État. D'autant que notre boulot consiste à les créer ! Si je te comprends bien, le terrain est complètement balisé. Le moindre faux pas et je saute. Ça a le mérite de la clarté. Tu n'as vraiment aucune source disponible ?

— Pas de voie royale, désolé. Il reste le B.A.-BA du métier. Éplucher les journaux de 1961, les tracts, les déclarations d'indicateurs. Nous en avons une bonne collection sur microfilms, plus quelques milliers de photos en provenance de l'identité judiciaire. Mais rien de déterminant. Il y a eu des problèmes avec le photographe du service, un certain Marc Rosner. Il devait couvrir l'intervention des Brigades Spéciales, mais il n'a jamais remis les bobines, du moins c'est la version officielle. Au début des années soixante, la photo et le cinéma amateurs n'étaient pas aussi développés qu'aujourd'hui. Nous ne disposons que de dix ou quinze clichés réalisés par des passants. Sinon, on a formellement établi qu'une équipe de la télévision belge, la R.T.B.F., a réalisé un film de près d'une heure. Ils étaient à Paris pour rendre compte du voyage officiel du Shah d'Iran et de Farah Dibah, mais ils ont filmé la manifestation, planqués dans leur voiture puis dans un café. La télé belge n'a rien diffusé, c'est la seule concession qu'elle nous ait faite… Nous avons tenté de racheter les bobines, sans succès. Je peux vous fournir les coordonnées des cinéastes belges et celles de Rosner…

Je l'interrompis.

— Pour Marc Rosner, ce n'est pas la peine, j'ai eu l'occasion de le rencontrer lors d'une enquête précédente.

Dalbois me foudroya du regard en laissant la bouche ouverte. Gerbet se planta devant lui.

— Qu'est-ce que cela signifie ? Ce n'est pas toi qui t'occupes de cette affaire… à quel titre dois-je aider ce monsieur ?

Dalbois lui expliqua la nature de mes interrogations au sujet du meurtre de Bernard Thiraud et de celui de son père. Il parvint presque à calmer son collègue ; il lui promit de le tenir au courant de nos recherches. Dès qu'il ferma la porte du bureau, Dalbois me passa un savon.

— Je me débrouille pour soutirer un maximum de données, en douceur, à un as du renseignement et pour tout remerciement tu me fais porter le chapeau. Tu le fais exprès… on pourrait le penser. Je comprends pourquoi tu n'arrives pas à rester longtemps au même poste. C'est une mesure de sécurité de se débarrasser d'un gaffeur pareil ! Dis-moi au moins de quelle manière tu as lié connaissance avec ce Rosner, ça m'intéresse.

— C'était l'année dernière, à Courvilliers. Une sombre histoire de montages photographiques destinés à mouiller des personnalités locales. Comme par hasard, je suis tombé sur Marc Rosner. C'est lui qui assurait la partie technique. Son commerce légal ne devait pas être assez rentable.

— Pourquoi, il ne travaille plus pour nous ?

— Non, depuis 1961. Un type de l'identité judiciaire m'a raconté ses démêlés avec ses chefs. Rosner ne tournait pas rond, il aimait bien s'amuser avec les cadavres après le départ du labo...

— Tu veux dire qu'il...

Dalbois semblait réellement horrifié.

— Non, il se contentait de modifier les poses, de composer des sortes de « natures mortes ». Ça n'était pas bien méchant et ça n'avait aucune incidence sur son boulot. Tout le monde fermait les yeux sauf le Directeur de Cabinet du Préfet qui avait décidé d'avoir la peau de Rosner. En septembre, il a reçu deux avertissements et le chef de l'identité s'est fait convoquer... Le soir de la manifestation Rosner était de service ; il a vraisemblablement mis en boîte les affrontements les plus sérieux. On m'a parlé d'Algériens empalés sur les grilles du métro aérien, de viols dans les commissariats. Avec ce matériel entre les mains, Rosner croyait tenir un atout maître et pensait que le chef de cabinet se montrerait plus compréhensif. Il s'en est vanté auprès de certains collègues. Quelques jours plus tard, une équipe de « plombiers » a monté une opération dans le laboratoire photographique de la Préfecture, ainsi qu'à son domicile. Tous ses dossiers, toutes ses archives ont été saisis. Rosner s'est retrouvé à la rue, licencié pour faute grave. Ensuite il a ouvert un studio, reportages, mariages, communions, à Courvilliers.

— C'est ce qui t'attend si tu continues d'y mettre ton nez.

— Je ne connais rien à la photo !

— Tu te feras détective privé, alors. Au fait n'oublie pas que nous dînons ensemble demain soir, chez moi.

Dans l'ascenseur je cherchais déjà un moyen d'échapper à son invitation. Je n'avais aucun besoin de rencontrer Gisèle Dalbois pour la connaître. Le petit village « à la française » en proche banlieue, le pavillon crépi garage attenant, combles aménageables. Dalbois avait eu le génie du geste, lorsqu'à l'évocation de mon éventuel mariage, il avait établi la réalité du sien en tapotant son ventre. Mme Dalbois se résumait à cela : une serviette bien remplie. Je ne voyais pas comment une soirée

d'ennui parviendrait à modifier mon jugement. Je marchai jusqu'à la station Saint-Michel et m'installai à l'arrière d'un taxi aux fauteuils défoncés. Un berger allemand dormait sur le siège placé devant moi. Ses paupières se soulevaient par intermittence et son corps était agité de tics nerveux. Je fouillai dans ma poche, mais à peine avais-je sorti un paquet de cigarettes que la bête se mit à grogner. Son maître donna de la voix.

— Il n'aime pas tellement qu'on fume dans sa bagnole. Moi c'est pareil. Vous allez où ?

— À Courvilliers, rue de la Gare. Ça se trouve après Aulnay-sous-Bois.

— Eh bien ça fait une drôle de trotte.

Il mit en marche son compteur à affichage digital. Je me plongeai dans l'observation attentive de la transformation des chiffres rouges avec une tendresse particulière pour la pureté du passage, à l'aide d'une seule barre, du 5 au 6 et du 8 au 9. À intervalles réguliers, le chauffeur tentait de lancer la conversation sur les tares de conduite comparées des Arabes et des Africains. Désespéré par mon silence il essaya de nouer un contact antisémite sans plus de succès. Il se réfugia à bout d'arguments, dans l'interprétation sifflée des derniers succès de Serge Lama.

Le chien se dressa sur son siège à la hauteur du Parc des Expositions et s'ébroua. L'habitacle fut instantanément rempli de poils gris et fauves. Le chauffeur tapota le dos de son animal affectueusement et parvint à le maintenir immobile. La voiture quitta l'autoroute pour contourner les immenses ateliers de l'usine Hotch, puis se dirigea vers le quartier de la gare.

— Voilà, vous êtes arrivé. Ça fait 62 francs plus 20 francs de retour.

Je fouillai mes poches et lui remis le compte exact.

— Eh bien vous n'êtes pas bien généreux. Et le pourboire ? C'est pour qui ?

Je me penchai à sa fenêtre en époussetant ma veste et mon pantalon.

— Pour le pressing ! J'en aurai besoin pour me payer un nettoyage…

Le taxi repartit dans un crissement de pneus. Il tourna vers la bretelle de l'autoroute, mais j'entendais encore les vociférations du chauffeur et les aboiements du berger.

CHAPITRE V

Le studio photo n'avait pas changé d'aspect depuis un an. Je poussai la porte ; une sonnerie annonça mon arrivée à une jeune femme occupée à regarnir un casier de pellicules vierges. Elle se retourna et s'enquit de mes besoins. Elle possédait un visage au tracé parfait, aux traits réguliers et doux. Quelques taches de rousseur, très claires, disséminées sur ses pommettes saillantes et sous ses yeux, venaient rappeler la couleur de ses cheveux. Mais le modulé harmonieux de sa voix ne parvenait pas à chasser l'extrême nervosité provoquée par son fort bégaiement.

— V... ous, vous dé... désirez ?

— Je suis l'Inspecteur Cadin ; je viens voir M. Rosner. Il travaille toujours ici ?

Elle se mit en devoir de me répondre. Je serrai les dents et les poings pour ne pas lui crier de me l'écrire et mettre fin à l'épreuve.

— M... mon pè...père fait un repor...portage sur le pa... parc des es...ex... pour la mairie.

— Merci, dites-lui que je l'attends au Bar des Amis.

Le photographe me rejoignit une demi-heure plus tard, toujours aussi massif, vêtu de son éternel ensemble de velours noir usé aux genoux, un Leica en sautoir. Il semblait de bonne humeur.

— Quelle surprise Inspecteur ! Je n'arrivais pas à croire ma fille. Vous nous revenez ?

— Non, j'ai un poste à Toulouse. Je suis sur une enquête un peu particulière... Le hasard a voulu qu'on prononce votre nom devant moi, pour des événements liés à cette affaire.

Il se pencha vers moi ; sans prononcer un mot, il me fit signe de continuer. Je résumai brièvement le dossier Thiraud.

— Et qu'attendez-vous de moi, Inspecteur ?

— J'aimerais que vous me racontiez vos souvenirs d'octobre 61. Surtout si vous vous êtes baladé du côté du faubourg Poissonnière. Je ne vous mêlerai pas au

rapport, vous avez ma parole. Je veux seulement comprendre ce qui s'est réellement passé cette nuit-là. Personne ne veut en parler, il n'y a pratiquement pas de traces… Sans la mort de Bernard Thiraud à Toulouse, il est probable que j'aurais continué à tout ignorer.

Rosner se rejeta sur le dossier de sa chaise et se mit à se balancer.

— Ça vous avancera à quoi de remuer le passé, Inspecteur ? Vous n'espérez tout de même pas que je vais vous donner le nom de l'assassin en ressassant mes souvenirs. Cette nuit-là, j'ai grillé une bonne dizaine de rouleaux, trois cent cinquante clichés au bas mot ! Je ne me rappelle pas d'avoir tiré le portrait d'un seul Européen, à part les flics.

— Il y a eu des tués parmi les forces de l'ordre ?

— Non, aucun, même pas de blessés. Mais des C.R.S. me demandaient de les prendre dans la pose du chasseur, le pied sur le corps d'un Algérien… Ça m'a vraiment surpris quand j'y repense. Les manifestants n'avaient pas d'armes ; à aucun moment ils n'ont essayé d'organiser une riposte. Au mieux, ils tentaient de fuir ou de se planquer dans les entrées d'immeubles. C'était en complète contradiction avec les informations données par le poste de liaison. Au début des troubles, la coordination de tout le service policier, une sorte de cellule de crise installée à la Préfecture, parlait d'une dizaine de flics descendus par le F.L.N. à la Madeleine et aux Champs-Élysées. J'ai filé là-bas aussitôt avec un car de Gendarmes Mobiles mis en réserve. Ils étaient comme dingues en entendant la radio… de véritables bêtes féroces. Sur place, rien ! On s'est renseigné ; pas un des nôtres n'avait la moindre égratignure. Par contre, à partir de ce moment, les Algériens en ont pris plein la gueule. En un quart d'heure j'ai compté six cadavres… Je ne parle pas des blessés. De la Madeleine, je suis descendu sur l'Opéra. Ça se battait sérieusement dans tout le quartier. Je revois une scène, un groupe de manifestants, pourchassé par des C.R.S., s'était engouffré dans le « Café de la Paix », boulevard des Capucines. Les flics n'ont pas eu à investir le troquet ; les consommateurs et le personnel leur ont épargné le travail en éjectant les fuyards. Ça me revient morceau par morceau… Juste avant, je m'étais arrêté devant l'Olympia pour photographier un périmètre de regroupement de manifestants appréhendés. Je revois l'affiche du spectacle… J'avais fait un cadrage dessus, un spectacle de Jacques Brel. Un peu plus tard, un motard m'a emmené en haut du boulevard des Italiens, à Richelieu-Drouot. Une vingtaine de cars appartenant à la Troisième Compagnie de C.R.S. étaient prêts à remonter en direction de la République. J'ai donc suivi le mouvement.

— Toujours sur la moto ?

— Non, dans un des bahuts. Ils étaient armés jusqu'aux dents ! Fusils, lance-grenades, flingues, sans compter les matraques. Ils voulaient tous se faire tirer le portrait avant de se mettre au travail. Un bon nombre avait servi en Algérie ; le chauffeur commandait un D.O.P. dans l'Oranais...

— Il commandait quoi ?

— Un Dispositif Opérationnel de Protection. C'était une sorte de détachement de quinze ou vingt troufions qui étaient chargés de contrôler un petit secteur géographique, en liant des contacts avec les indigènes... Peu à peu, leur mission s'est bornée à démanteler les réseaux d'aide aux maquisards, par tous les moyens. On a beaucoup parlé de la gégène, mais c'était loin d'être le pire ! Se faire allumer la plante des pieds à la lampe à souder, c'est pas vilain non plus ! Ah, les D.O.P. ! À l'époque on vous en filait à l'entrée des piscines... Vous n'avez pas connu ça, Inspecteur ? Les petits berlingots individuels de shampoing. Lavage de tête, lavage de cerveau. Pour en revenir à votre soirée, ils ont établi un barrage avec leurs camions, en retrait du cinéma Rex et ça n'a pas tardé à canarder. Je me suis planqué dans le hall du Midi-Minuit. Je me souviendrai toujours du titre du film qu'ils projetaient ce jour-là : *Le Récupérateur de cadavres*, avec Boris Karloff et Bela Lugosi.

— Je n'aurai pas besoin d'aller au Centre du Cinéma...

Marc Rosner cessa de parler ; il fit signe au patron de servir deux autres cafés.

— Ah oui, pourquoi ?

— Roger Thiraud a vraisemblablement assisté à une séance de ce cinéma avant de se faire tuer. En tout cas, il possédait un billet du Midi-Minuit lorsqu'on l'a retrouvé mort.

— Je ne vois pas pourquoi on lui aurait fourré un ticket de ciné dans ses poches... Les profs d'histoire ont bien le droit de s'intéresser au fantastique. Quant à moi, j'ai assuré l'essentiel de mon travail à cette place, l'œil collé au viseur. Je vais vous dire une chose, ce qui importe, déjà à ce moment, c'est la photo. Vous ne voyez pas réellement ce qui se passe mais seulement la lumière, les masses, le cadrage. Le photographe n'est pas un témoin ; son film est là pour jouer ce rôle. Au moment d'appuyer sur le bouton, on fixe une image mais on ne la comprend pas. Vous connaissez cette photo d'un reporter au Salvador, qui photographie le soldat qui le tient en joue ? Il a déclenché au moment précis où le soldat appuyait sur la gâchette, il savait sûrement qu'il risquait sa vie, mais il ne parvenait pas à l'analyser. L'objectif faisait écran. J'ai peut-être photographié le meurtre de votre gars, mais il est certain que je ne l'ai pas vu.

— Ne vous forcez pas Rosner, j'admets très bien que vous ne souhaitiez pas

m'aider. Rien ne vous y oblige.

— Vous vous trompez, Inspecteur, je ne me défile pas. Le 17 octobre est une date importante pour moi. Elle marque la fin de ma carrière de flic. Je vais vous faire rire, mais ce boulot me plaisait vraiment ! Je n'en ai parlé à personne depuis vingt ans. Je m'étais promis de tout oublier. Aujourd'hui vous me tombez dessus à l'improviste ; vous m'obligez à déballer ce qui me tient le plus à cœur. Laissez-moi le temps de mettre de l'ordre dans ma tête. Je crois que j'ai traversé la rue du Faubourg-Poissonnière, devant l'*Humanité*. J'ai pris un café au bar du Gymnase. Il y avait une équipe de la télévision belge. Ils n'en croyaient pas leurs yeux. Ils doivent se contenter des bagarres entre Wallons et Flamands. Ils s'étaient planqués derrière le juke-box, le caméraman vidait le magasin en continu. À mon avis ils n'ont pas dû en tirer grand-chose, il faisait nuit ; bien sûr, il leur était difficile d'installer une bardée de projecteurs et de les braquer sur les flics ! Moi je bossais au flash. Après le café, je suis passé à côté, au Théâtre. Des C.R.S. vidaient un paquet d'Algériens qui avaient réussi à entrer dans les coulisses. J'y suis resté jusqu'à neuf heures pour souffler un peu. Le directeur m'a refilé une coupe de champagne ; ils fêtaient la première d'une pièce et il a dû me prendre pour un photographe de canard.

— Vous n'avez rien remarqué de l'autre côté du boulevard, vers la ruc Notre-Dame-de-Bonne-Nouvelle ?

— Rien… Je suis désolé, Inspecteur. Quand j'ai quitté le théâtre, je suis allé directement au Parc des Expositions de la Porte de Versailles où on regroupait les manifestants arrêtés. La Préfecture n'avait pas trouvé de stade assez grand ni suffisamment proche. Ça l'aurait mal fichu de boucler des prisonniers de guerre au stade de Colombes ! Enfin à Bonne-Nouvelle ça tirait dans tous les sens. C'est là qu'on a relevé le plus grand nombre de morts et de blessés, mis à part la cour d'isolement de la Cité.

— Vous voulez dire que des manifestants sont morts à l'intérieur de la Préfecture ? C'est impossible, ils n'auraient jamais réussi à y pénétrer.

— Non, rien n'était impossible durant cette nuit de folie. Le gouvernement a reconnu trois ou quatre décès… Un chiffre qu'il convient de multiplier par cinquante au moins, pour approcher de la vérité. Une équipe de l'Institut Médico-Légal a été appelée vers deux heures du matin le 18 octobre, pour prendre livraison de quarante-huit cadavres, en un seul lot, dans le petit jardin qui jouxtait Notre-Dame avant les travaux du parking souterrain. Pas un seul n'était mort par balle. Le diagnostic était identique pour tous : matraquage. Selon des rumeurs insistantes, il s'agissait de responsables du F.L.N. transférés directement à la Cité pour interrogatoire. Ils étaient sous surveillance dans un local du premier étage, quand soudain, une dizaine de flics sont entrés dans la salle, mitraillettes braquées. Les prisonniers ont cru que leur dernière heure était arrivée ; ils se sont précipités sur la porte du fond qui a cédé sous la pression. Comme par hasard, cette porte conduisait directement à la salle d'état-major du Préfet. Pas question de tirer. Le Préfet et son entourage qui coordonnaient les opérations de répression ont entendu la cavalcade. Ils ont tout de suite pensé à une attaque du F.L.N. sur le dispositif central. Toute la garde de la Cité a été dirigée contre les prisonniers. Résultat, 48 à 0 ! Un beau score. À côté de chiffres pareils, les bavures d'aujourd'hui paraissent bien mesquines ! Je vous raconte tout ça, Inspecteur, bien que ça n'ait jamais existé officiellement. Aucune preuve. Aucune trace de ces 48 cadavres : l'Institut a trouvé une cause réelle et sérieuse pour expliquer chaque décès. Direction les oubliettes de l'Histoire. Il vaut mieux pour tout le monde qu'ils y restent ! Ne vous amusez pas à les remonter à la surface ; ils feront comme Dracula, ils revivront avec votre propre sang.

Pour la première fois, Rosner avait perdu l'air ironique qu'il affichait en permanence. Il se redressa en prenant appui sur la table.

— Vous avez le chic pour mettre le nez dans les affaires les plus vaseuses, Inspecteur, mais ce n'est pas en remuant la boue qu'on parvient à en sortir…

— Comment alors ?

— Tout simplement en y plongeant les autres.

Je regagnai Paris par le R.E.R. et débarquai à la gare du Nord un peu avant cinq heures. Les rares voyageurs pressaient le pas vers les arrêts de bus. Je traversai la galerie marchande et débouchai sur l'esplanade. La place grise était vide. Devant moi marchait une jeune femme rousse ; j'observai distraitement les mouvements de ses jambes. À chacun de ses pas, le tissu de sa jupe se tendait ; je voyais apparaître la marque discrète et pourtant incroyablement présente de son slip. L'insistance de mon regard était si forte que la femme se retourna et m'observa de la tête aux pieds, en fixant longuement, par défi, mon entrejambe. Elle portait un tee-shirt imprimé au nom de Nathalie. Elle s'éloigna en direction de la gare de l'Est.

J'eus l'idée de rendre visite à Mme Thiraud mais j'y renonçai. Il me semblait plus correct de prendre rendez-vous, de lui laisser l'initiative de l'heure et du lieu de notre rencontre. Je m'accoudai au bar de la Ville de Bruxelles pour commander une Gueuse, quand une idée subite me traversa l'esprit. J'ouvris mon calepin et demandai au garçon de m'appeler un numéro en Belgique. Cinq minutes plus tard, la stan-

dardiste de la Radio Télévision Belge Francophone s'informait de mes désirs.

— Je souhaite parler à M. Deril ou bien à M. Teerlock du service Enquêtes et Reportages. C'est au sujet d'un film réalisé pour le magazine Neuf Millions.

— Ce magazine n'existe plus depuis près de dix ans. Il a été supprimé en septante-trois. Nous avons passé le cap des dix millions d'habitants... M. Teerlock est parti en retraite l'année dernière, mais je peux vous mettre en rapport avec M. Deril. Il est responsable des sujets d'actualité pour le journal du soir.

Je pris bien garde de ne pas lui répondre pour échapper à l'historique du journal parlé ; j'obtins le poste de Jean Deril.

— Allô, ici l'Inspecteur Cadin, de Toulouse. J'enquête actuellement sur la mort d'un jeune garçon dont le père est lui-même décédé lors des événements d'octobre 1961, à Paris. Nous disposons de très peu de documents en France, du moins de documents accessibles. J'aimerais visionner les films que vous avez réalisés à l'époque...

— C'est inattendu. Surtout de la part d'un policier... Depuis vingt ans je commençais à être persuadé du peu d'intérêt de la justice française pour ces documents. Je suis prêt à les mettre à votre disposition. Nous pouvons arrêter une date.

— Eh bien voilà, je suis à la gare du Nord. Le prochain train pour Bruxelles part à 17 h 45. Je peux vous rencontrer dès ce soir à partir de vingt heures.

— J'apprécie la compagnie des hommes décidés, Inspecteur. C'est tout à fait d'accord. Mais ne venez pas à la cité de la télé, boulevard Reyers, je n'y serai déjà plus. Nous filmons une séquence au marché aux puces de la place du Jeu-de-Balle, à deux minutes en taxi de la gare Centrale. Vous ne pouvez pas nous louper, il y aura trois cars de matériel plus le véhicule de régie. Qu'est-ce que vous voulez visionner au juste ? Teerlock avait préparé un montage commenté d'une dizaine de minutes qui n'est jamais passé à l'antenne. Votre ambassadeur doit y être pour quelque chose ! Sinon, nous conservons en archives l'intégralité du film brut, environ une heure d'images muettes.

— Le montage ne m'intéresse pas. Je me contenterai de la prise en continu. À tout à l'heure donc, au Marché aux Puces.

Il n'en faut pas davantage que le passage d'une frontière pour se croire en pleine aventure. Cambrai, Valenciennes, Mons ! Je me réjouissais à l'avance de cette incursion en territoire belge. La précédente datait de deux ans. Je travaillais alors à Hazebrouck, dans le désespoir le plus dense et j'échouais, plus souvent qu'à mon tour, dans une taverne qui fermait avec l'aube. Un soir de déprime, j'avais juré au patron de prendre mon café à Bruxelles et d'être de retour pour le petit déjeuner.

J'aurais pu faire un tour dans la campagne et revenir en leur servant une histoire quelconque. Personne n'en demandait davantage. Ils voulaient seulement passer le cap d'une nuit supplémentaire. Mais j'en rajoutai et promis de ramener le ticket de caisse. Le raid n'avait rien de commun avec Paris-Dakar mais il impressionnait les consommateurs d'Hazebrouck dont certains n'avaient jamais vu la mer, distante d'une cinquantaine de kilomètres. Si l'on accepte d'appeler «mer» ce qui succède à la côte, vers Dunkerque. Bray les Dunes, Loon Plage, Wissant, Ambleteuse! Il s'en faut de beaucoup pour que ces noms sonnent comme Saint-Trop, Ramatuelle ou Juan-les-Pins.

J'avais trois cents kilomètres à faire; l'aller se passa sans problème. Je gagnai Bruxelles par la route de Tournai et me retrouvai au milieu d'une ville sinistrée, éventrée de partout, hérissée de déviations, de sens interdits. Il me fallut près d'une heure pour atteindre la vieille cité, où un énorme écriteau avertissait les visiteurs de la durée probable des travaux de percement du métro, les remerciant de leur compréhension. Aucun commerce n'était resté ouvert et cette absence de vie renforçait encore mon impression de traverser une ville en état de guerre. J'évitai tous les pièges disposés sur ma route par les Taupes Belges; je me garai sur la Grand'Place. Une lanterne rouge brillait sous les arcades. Je me rapprochai de la vitrine faiblement éclairée, rêvant déjà au bruit sourd de la chope de bière fraîche sur le comptoir. Je poussai la porte prêt à brailler mon ordre au barman. L'étonnement des agents de permanence du commissariat de quartier fut au moins aussi grand que le mien.

Je n'appris pas seulement, cette nuit-là, qu'un lumignon rouge signalait la présence du commissariat de la Grand'Place. On m'enseigna également qu'un clou de cuivre (on m'assurait même qu'il était en or) fiché au centre du parvis de Notre-Dame de Paris symbolisait le point de départ des principales routes nationales françaises. Ça se passait dans un bar de banlieue, sur le retour, près de Halle. Je m'étais assis sur un tabouret haut, près de ce que je crus être, au premier abord, un flamant rose. J'identifiai les lieux tout en buvant la bière promise: un claque de périphérie où mon flamant, une poule recouverte de mousseline rose, attendait patiemment un routier probable et attardé.

Le patron, en veine de confidences, me raconta qu'il avait vécu à Paris avant guerre. Il me montra quelques bouteilles d'alcool dont il se vantait d'être le débiteur exclusif. Il ne tarissait pas d'éloges sur le guignolet kirsch; il m'obligea à trinquer à l'amitié franco-belge. Puis il retraça les grandes lignes de la pose du clou de Notre-Dame…

Le train entra en gare Centrale un peu avant vingt heures trente. Je pris un taxi et lui indiquai la place du Jeu-de-Balle.

— Très bien Monsieur, c'est tout droit mais je dois faire le tour par Sainte-Gudule, à cause des travaux.

— Encore les travaux du métro ?

— Oh non, c'est terminé. Maintenant ce sont les travaux d'agrandissement de la gare. Tenez, voilà l'église Sainte-Gudule ! Entre le building de la Banque Nationale belge et l'immeuble de la compagnie aérienne Sabéna... Ils cassent tout dans ce pays ; comme si, chez vous, ils avaient décidé de planter les immeubles de la Défense de part et d'autre des tours de Notre-Dame ?... Un de ces jours, ils mettront le Manneken-Pis dans une sanisette et il faudra glisser une pièce pour le voir uriner !

Il me déposa au coin de la rue Haut et de la rue des Renards. La place était bloquée par un cordon de police ; il me suffit de prononcer le nom de Deril pour que le barrage s'entrouvre. Je me dirigeai directement vers le camion de la régie stationnée dans le recoin de la rue Blaes. Un homme d'une cinquantaine d'années, les cheveux grisonnants flottant sur les épaules, me fixa à travers des lunettes rondes, cerclées de fer.

— J'ai rendez-vous avec M. Deril, le réalisateur.

— Vous êtes tombé pile, Inspecteur, c'est moi. Je vous demande une minute et je suis à votre disposition. Je dois marquer quelques repérages pour le mouvement de grue.

Je le suivis du regard. Il agitait la tête, les bras et les cheveux au milieu d'un groupe de techniciens, donnait des ordres, écoutait des suggestions. Il revint au camion que je n'avais pas quitté.

— Vous m'aviez parlé d'un marché aux puces, au téléphone. Je m'attendais à trouver une place envahie par les stands et les touristes !

— C'est pour demain matin, Inspecteur ; nous filmons l'étendue déserte sans même un figurant. La caméra va se balader sur les façades et sur le sol en suivant un itinéraire précis. Nous referons exactement le même parcours lorsque le marché fonctionnera à plein régime demain vers onze heures... Enfin, vous ne venez pas de Paris aussi rapidement pour assister au tournage d'un sujet que vous connaissez au moins aussi bien que moi ! Les puces n'ont pas été inventées à Bruxelles.

— Non et je ne dispose pas de trop de temps.

— Vous n'êtes pas le premier Français à vous intéresser à ce film sur les manifestations algériennes. Les services de sécurité de votre pays ont tenté de racheter l'original et les copies à la R.T.B.F., mais la Direction a tenu bon. J'imagine que les responsables de la tuerie ne souhaitaient pas qu'on fasse trop de publicité concernant les conséquences de leurs ordres... Cette demande date de plus de vingt ans.

Juste après la parution d'un papier dans *le Soir* avec une interview express de Teerloch. Jusqu'alors, je crois bien que tout le monde ignorait l'existence de ces bobines.

— Sauf la direction de votre chaîne.

— La télévision belge a su se dégager du pouvoir politique bien avant ses homologues françaises… Personne ne fait pression sur les journalistes pour les contraindre à retirer un sujet. Pour être absolument sincère, nous n'étions pas à Paris pour couvrir cette manifestation, mais pour suivre une série de concerts de Jacques Brel à l'Olympia. Je me rappelle qu'il commençait le lendemain pour une quinzaine de soirées et qu'ils avaient annulé la générale. Brel était retenu par un vieux contrat, le 16 octobre au soir, dans les salons d'honneur du ministère de la Marine. Une affiche fantastique : Jacques Brel, Charles Trenet, l'orchestre de Jacques Hélian et… Farah Dibah ! Nous avions réussi à obtenir des invitations pour la réception à l'ambassade de Belgique. Vous n'avez pas connu le voyage officiel du Shah d'Iran et de la Shabanou en France ?

— Non, c'est un plaisir qui m'a été refusé !

— Moi j'ai côtoyé toutes les pages du Bottin. En Belgique, je ne dis pas, mais voir la Garde Républicaine rendre les honneurs à l'empereur de Perse, ça dépassait l'entendement. Je n'ai jamais compris ce que le Grand Jacques faisait dans cette galère !

Nous nous étions installés dans le véhicule de régie. Déril prit place devant un moniteur relié à un magnétoscope. Il enclencha une cassette.

— J'ai vérifié, vous en avez pour une heure et sept minutes. Si un passage vous accroche plus particulièrement, il vous suffit de noter le numéro du compteur et nous pourrons tirer quelques photos. Je vous laisse, j'ai encore pas mal de travail.

Les images défilèrent, toutes plus insoutenables les unes que les autres. La première partie du document avait été tournée depuis une voiture roulant à travers Paris. Une multitude d'affrontements opposaient des manifestants désarmés, hébétés à des groupes compacts de C.R.S., de Gardes Mobiles décidés et motivés. L'absence de son donnait plus de poids encore aux scènes de violence.

Brusquement, la voiture stoppa, puis se rangea doucement près d'un trottoir. Un mouvement panoramique effectué à bout de bras par le cameraman me permit d'identifier le quartier de la porte de la Villette. Les anciens bâtiments des Abattoirs étaient encore en place avec le pavillon de pierre de la Banque Gravereau. Le plan se termina sur les étendues noires du bassin de la Villette, là où le canal de l'Ourcq rejoint le canal Saint-Denis. L'objectif s'éleva brusquement et l'opérateur manœuvra le zoom pour isoler un groupe d'hommes qui s'affairaient rue Corentin-Cariou ; ils

se dirigeaient vers les rambardes du pont. La pluie faisait briller les manteaux de cuir et les casques. Soudain, un corps fut précipité dans l'eau. J'eus l'impression d'entendre le choc du cadavre au contact de la surface liquide. Un autre suivit, puis un autre encore. Le même geste répété onze fois. Et les lumières, de nouveau. La façade du Grand Rex, l'affiche des *Canons de Navarone*. Sur une palissade, une publicité monochrome pour le premier aspiro-balai Tornado recouvrait à moitié l'annonce du lancement d'une encyclopédie hebdomadaire : «*À partir du 25 octobre, TOUT L'UNIVERS, pour 1 franc 50 par semaine.* »

Un plan rapproché détailla le visage d'une jeune femme algérienne, bientôt masqué par un uniforme noir. Quand le policier s'effaça, un visage d'homme remplaçait celui de la femme ; la matraque s'abattit. L'angle de prise de vue changea une fois encore. Une partie de l'image était occupée par le haut d'un juke-box. Il s'agissait vraisemblablement de la séquence qu'évoquait Marc Rosner, le matin même à Courvilliers.

Un détachement de Gendarmes Mobiles encerclait une poignée de manifestants. Des autobus de la RATP stationnaient plus loin, vers la rue du Sentier. Les Algériens y furent conduits sans ménagement. Les bus quittèrent l'arrêt un à un, au maximum du remplissage. Certains corps penchaient dangereusement de la plate-forme arrière. Le machiniste était seul avec sa cargaison humaine. Cent, cent cinquante prisonniers. Pourtant, aucun d'eux ne songeait à s'enfuir, à libérer ses camarades. Paris était bouclé, toute fuite semblait d'avance vouée à l'échec.

La caméra se déplaça sur la gauche et remonta le boulevard Bonne-Nouvelle. Le cinéaste détailla la vitrine du café Madeleine Bastille et fit une halte au coin de la rue de Ville-Neuve.

Un C.R.S. marchait sur le trottoir, posément ; il enlevait son manteau sans se soucier de ce que ce geste avait de singulier au milieu d'un quartier en proie à l'émeute. Il semblait ignorer les combats qui faisaient rage autour de lui, tout comme la pluie. L'opérateur ne s'attarda pas sur cette scène surprenante ; il revint quelques mètres en arrière poser son regard sur le corps d'un blessé. Trente secondes passèrent, interminables, avant que la caméra ne reprenne sa progression. Le C.R.S. avançait toujours de son pas mesuré. Il dépassa la rue Thorel. Arrivé au niveau de la rue Notre-Dame-de-Bonne-Nouvelle, il marqua un temps d'arrêt, comme s'il hésitait, puis il bifurqua et gravit les marches. Un autre homme se tenait là, les bras encombrés d'un bouquet de fleurs et d'un paquet de gâteaux. Le C.R.S. vint se placer à côté de lui.

Au premier plan on rassemblait des Algériens, mains sur la nuque. Un capitaine mettait toute son énergie à retenir ses hommes qui, au comble de l'excitation, ne cessaient de frapper les prisonniers. Les images suivantes étaient prises devant

l'Opéra de Paris, où la police établissait un cordon de sécurité destiné à protéger les spectateurs du ballet *Les Indes Galantes*. Puis l'écran devint vide. J'appuyai sur la touche stop et attendis le retour de Deril. Je le voyais par la fenêtre qui vérifiait l'orientation des projecteurs et faisait modifier les trajectoires des faisceaux. Il termina ses réglages et vint me retrouver dans le camion.

— Alors, des surprises, Inspecteur ? Vous avez l'air réjoui…

Je hochai la tête.

— Oui, j'ai reconnu le gars que je cherchais. L'image se trouve à la cote 813, vers la fin de la bande. Si vous remettez cet appareil en marche je peux vous le montrer.

Il visionna le passage, éjecta la cassette et demanda à l'un de ses assistants de se rendre aux studios pour tirer une épreuve de la scène représentant le C.R.S. accoudé à la grille de l'escalier, à côté de Roger Thiraud. Il me saisit par l'épaule.

— Je vous invite à dîner, Inspecteur. Vous ne partirez pas de Bruxelles sans faire honneur à notre cuisine. Ici ils en ont encore pour deux heures de réglages. C'est affolant le temps que nous perdons à attendre ! Mais le cinéma, c'est comme ça. Vous avez cinquante types sur les bras qui travaillent les uns après les autres, chacun apportant sa touche personnelle et un métier irréprochable. La morale, c'est le metteur en scène qui part bouffer et empoche tous les compliments à son retour ! Allez, venez, je vous emmène chez My father Mustache. Il n'y a pas d'équivalent en France. C'est un ancien cinéma en faillite qui a été racheté par une association d'étudiants. Ils ont remplacé les fauteuils par des tables de bois et des bancs en enfilade. Ils servent des spécialités belges. Tous les quarts d'heure, ils éteignent la lumière, et passent des courts-métrages muets, Laurel et Hardy, Harold Lloyd, Charlie Chaplin ou des Malek de Buster Keaton. Deux ou trois fois dans la soirée, ils donnent une chance à un chanteur ou à un groupe. Le plus souvent ce sont des gars qui font la manche sur les places de la ville. Des Anglais, des Allemands, des Japonais, enfin toutes les nationalités sont représentées.

À table il me conseilla un plat de Namur, l'anguille à l'escabèche ; il commanda deux Kriek d'un litre chacune.

— Vous verrez, c'est fameux, l'anguille marinée dans le vinaigre avant d'être rôtie. C'est servi froid, en gelée. Au fait, vous savez que le même fleuve arrose nos deux capitales ?

— Non, vous devez vous tromper, la Seine prend sa source du côté de Dijon ; elle se jette dans la Manche entre Le Havre et Honfleur, sans quitter le territoire français.

Il partit d'un rire sonore.

— Ah, vous êtes toujours aussi susceptibles dès qu'on parle de votre pays ! Bien entendu la Seine ne coule pas entre les façades bourgeoises de la place De Broukère, mais presque… Notre rivière s'appelle la Senne, avec deux N. Vous l'avez échappé belle ! Bruxelles est une ville digne d'Alphonse Allais : prenez les boulevards de petite ceinture qui utilisent le tracé des anciennes fortifications. Le boulevard de Waterloo n'est pas bien loin du boulevard de l'Abattoir.

L'anguille ingurgitée, nous étions retournés à la place du Jeu-de-Balle où m'attendait le cliché tiré du reportage. Deril appela un taxi ; il insista pour régler la course d'avance. Je lui promis de le tenir au courant de l'avancement de mes recherches.

Le litre de bière fit sentir ses effets dans le train qui roulait vers Paris. Je compris pourquoi ce peuple affable avait choisi le Manneken-Pis pour emblème.

CHAPITRE VI

Mme Thiraud accepta de me recevoir en fin d'après-midi, le lendemain. Je profitai des quelques heures qui me séparaient de ce rendez-vous pour flâner dans Paris. J'arrivai en avance sur les boulevards et je refis, presque inconsciemment, le trajet qu'avait effectué le C.R.S. vingt ans plus tôt, alors que les cinéastes belges le filmaient. Peu de choses avaient changé depuis lors, à part l'affiche du Rex qui annonçait un dessin animé de Walt Disney et le self-service de l'*Humanité* qui s'était mué en Burger King.

Je traversai le boulevard face au Madeleine Bastille dont la terrasse occupait la majeure partie du trottoir. Un groupe de touristes japonais en chemisettes et corsages blancs descendaient d'un car à étages Paris-Vision, en désignant du doigt le Théâtre du Gymnase dont le fronton était occupé par le titre du spectacle de Guy Bedos. À mon plus grand étonnement, toute la troupe s'engouffra dans le hall à la suite du guide. Je remontai vers la porte Saint-Denis et dépassai la rue de la Ville-Neuve puis la rue Thorel. La rue Notre-Dame- de-Bonne-Nouvelle ne débouchait pas sur le boulevard, étant située en léger surplomb. De ce côté elle butait sur deux escaliers ; le premier large et légèrement courbé, le second étroit et raide. Lorsqu'on franchissait les quelques marches de l'un ou l'autre des escaliers, on accédait à un autre quartier totalement différent de celui des grands boulevards. Le clinquant des enseignes, les néons des cafés laissaient place à l'agitation anarchique des métiers de la confection. À partir de la rue Beauregard, commençait le royaume du chiffon, tout un monde industrieux de couturières, de tailleuses, de brodeuses, de surjeteuses qui prenaient souvent l'apparence de grands gaillards tout droit venus des plaines d'Anatolie, du Nil, ou bien celle de minuscules Asiatiques rescapés d'un exil indochinois. Des manutentionnaires pakistanais ou bengalis, un turban éclatant de blancheur sur la tête, charriaient d'énormes rouleaux de draps ; leurs diables passaient du trottoir à la rue en évitant chiens, voitures et passants.

La rue Notre-Dame-de-Bonne-Nouvelle, coincée entre les boulevards et la rue Beauregard, formait à elle seule un îlot de tranquillité ; la présence massive de l'église qui lui donnait son nom y était pour beaucoup. Je m'installai au comptoir du bar des Quinze Marches et je commandai un demi que me servit un garçon manchot. Je ne le quittai pas des yeux durant plusieurs minutes, ébahi de sa dextérité à presser les citrons, à préparer les hot-dogs, à tartiner les sandwiches-rillettes en bloquant les verres, les baguettes ou les saucisses à l'aide de son moignon. Le patron s'accouda devant moi. Son regard exécuta un rapide aller-retour, du barman à moi.

— Ça vous étonne, hein ! Vous venez chez moi pour la première fois ?

Je lui répondis par l'affirmative.

— Ça fait un drôle d'effet sur la clientèle mais c'est comme tout, on s'habitue.

Il désigna le barman d'un coup de menton.

— C'est un ancien des Arsenaux, comme moi. On travaillait ensemble dans les explosifs, la nitroglycérine. Je m'en suis tiré en entier ! Il a eu moins de chance. J'ai passé la main et lui, il l'a laissée... Faut bien plaisanter !

— C'est arrivé comment ? un accident ?

— Oui, mais au début on ne comprenait pas. Il manipulait du nitroglycol à longueur de journée depuis des années, comme moi, sans pépins. Et puis un jour, sa première heure de reprise, après les vacances, voilà qu'il fait tomber un flacon. Au lieu de se planquer, de se protéger, il a essayé de le rattraper. Vous voyez le résultat...

— Oui, ce sont les risques du métier.

— Oui Monsieur, c'est aussi ce qu'on disait. Mais des gars de la recherche scientifique se sont aperçus, à partir de leurs statistiques, que ce genre d'accident était plus fréquent le lundi ou au retour des vacances. En regardant de plus près, ils ont compris que le nitroglycol agissait sur le cœur. Un peu comme une drogue ! Et c'est vrai que quand on bossait, on se sentait bien. Pendant les week-ends et les congés, c'était le contraire : on devait être en manque de vapeurs de nitro. Depuis, ils ont créé un médicament à base de nitroglycérine pour les cardiaques, ça dilate les coronaires...

— En somme votre barman n'a pas été victime d'un accident du travail, sa main est tombée à la suite d'une maladie professionnelle !

— Eh bien j'avais pas pensé à celle-là...

Je quittai les Quinze Marches après avoir réglé ma consommation. Sur le stand du serrurier adossé à l'échappement de l'escalier, un placard publicitaire promettait la réalisation de clefs minute, tandis qu'un écriteau collé sur la vitre avertissait : « Le serrurier revient dans un quart d'heure. »

Le numéro cinq de la rue Notre-Dame-de-Bonne-Nouvelle correspondait à une vieille bâtisse parisienne, bien entretenue, aux fenêtres habillées de persiennes ajourées. Sur le mur, à gauche de la porte d'entrée, une plaque de marbre blanc annonçait en lettres d'or le Siège Social du Syndicat National des Utilisateurs de Grues. Je passai la porte après avoir traversé un minuscule jardin. J'accédai au hall du bâtiment. Le fronton était agrémenté d'un ridicule relief d'inspiration grecque représentant un joueur de pipeau et un joueur de flûte de pan. La liste des locataires se trouvait affichée sur la vitre de la loge du gardien avec l'indication pour chacun de l'étage et du numéro d'appartement. Les marches cirées de l'escalier de bois grincèrent sous mes pas. Le premier étage était orné d'une large glace encadrée de dorure et d'un tableau champêtre à dominante marron. J'arrivai au troisième niveau un peu essoufflé et je cognai à plusieurs reprises, énergiquement, avant que Mme Thiraud se décide à répondre. Trois serrures jouèrent successivement puis le battant s'entrouvrit de quelques centimètres, retenu par la chaîne de sûreté.

— Madame, je suis l'Inspecteur Cadin, je vous ai parlé ce matin...

La porte se referma brusquement, le temps que la chaîne soit enlevée ; je parvins enfin à pénétrer dans l'appartement.

La veuve de Roger Thiraud ne devait pas être âgée de plus de quarante-cinq ans, mais sa vie de recluse volontaire l'avait transformée en une vieille femme. Elle marchait devant moi dans le couloir, le dos voûté, les genoux légèrement pliés, sans soulever les pieds. Elle semblait glisser sur le parquet, silencieuse. Le moindre mouvement donnait l'impression de lui coûter d'insupportables efforts. Elle s'affaissa en soupirant profondément, dans un fauteuil recouvert d'une housse de laine tricotée au crochet. Elle me fixa, le regard vide.

La pièce était plongée dans l'obscurité. Tous les volets avaient été tirés ; la femme avait juste laissé une fenêtre ouverte pour permettre à l'air de circuler. Des rais de soleil filtraient à travers les claires-voies. J'avançai une chaise et m'installai près de la table.

— Comme j'ai eu l'occasion de vous le dire ce matin, j'enquête sur les circonstances de la mort de votre fils Bernard. Actuellement, cet assassinat reste bien mystérieux ; nous n'avons guère d'éléments sérieux pour orienter nos recherches. Nous ne lui connaissons aucun ennemi, sa vie sentimentale apparaît on ne peut plus simple... Pour être tout à fait franc, il y a tout de même un épisode qui retient mon attention, un jour que votre fils n'a pu connaître, celui de la mort de son père...

J'observai les réactions de mon interlocutrice, mais l'évocation de la fin de son mari ne modifia en rien son comportement.

— ... J'ai appris incidemment les conditions dramatiques dans lesquelles votre mari a disparu. Absolument rien ne me permet de l'affirmer, mais il est tout à fait possible d'imaginer que votre fils ait été exécuté pour les mêmes raisons que son père. Vous ne le pensez pas ?

J'avais l'impression de parler à un mur, à un mort vivant. Mme Thiraud maintenait ses yeux braqués sur moi, mais son regard ne parvenait pas à s'accrocher, comme s'il me traversait et se portait loin derrière. Je poursuivis.

— ... Je sais aussi qu'aucune enquête n'a été effectuée en 1961 et que votre mari figurait parmi les victimes officielles des manifestations algériennes. Victime de qui ? Le doute est permis. Il n'est pas trop tard pour réparer cette faute. Je veux m'y employer.

Elle s'agita pour la première fois, se leva et vint prendre appui sur le plateau d'un vaisselier.

— Monsieur l'Inspecteur, tout ceci appartient au passé. Il ne sert à rien de revenir sur tous ces événements et de disséquer les responsabilités...

Elle faisait de longues pauses entre chaque mot et ponctuait ses phrases de longues expirations.

— ... mon mari est mort, mon fils est mort. Vous ne les ferez pas revenir. J'accepte que ma vie soit ainsi ; j'espère les rejoindre le plus vite possible.

— Pourquoi, que voulez-vous cacher ? Roger Thiraud a reçu une balle alors qu'il participait à une manifestation. Vous saviez qu'il s'occupait d'un réseau d'aide au F.L.N. ?

— Vous vous trompez. Mon mari n'avait aucun goût pour la politique. Il s'intéressait à son travail, à l'histoire. Il y consacrait tout son temps, au lycée comme à la maison. Le soir de sa mort il rentrait après son dernier cours, comme d'habitude...

Elle se déplaçait dans la pièce avec ses manières de vieille, en évitant soigneusement la partie située près des fenêtres qui donnaient sur la rue. Je m'en approchai par simple curiosité, mais mon geste provoqua une véritable panique de sa part. Elle se plaqua contre le mur opposé, haletante.

La surface qui entourait la fenêtre constituait un véritable no man's land où la poussière s'accumulait. Personne ne touchait jamais à cet endroit. Je saisis brusquement les rideaux et les fis glisser sur la tringle. La crémone était légèrement grippée. Je dus faire un effort pour ouvrir les battants de la fenêtre. Je soulevai ensuite le loquet qui maintenait les persiennes. Le jour envahit l'appartement ; un rayon de soleil éclata sur le mur où se tenait Mme Thiraud. Je me penchai. Dix mètres en contrebas des gens s'affairaient autour du stand de serrurerie dont je ne distinguais que le toit ondulé. Un groupe de jeunes garçons remontait les escaliers de la rue Notre-Dame-de-Bonne-Nouvelle.

Mme Thiraud avait cherché refuge dans la cuisine, en proie à une véritable crise d'hystérie. Elle pleurait, le corps agité de tremblements, de tics nerveux. Je posai mon bras sur ses épaules.

— Je ne vous veux aucun mal, Madame. Je suis ici pour vous aider. Venez sans crainte…

Je la pris par les poignets et l'entraînai, petit à petit, vers le lieu tant redouté. Je ne cessai de lui parler, de la réconforter. Plus elle s'approchait de la fenêtre et plus sa détresse devenait intense. Elle criait mais se laissait aller, abandonnant toute résistance. Je réussis à la placer à côté de moi et à poser ses bras sur l'appui.

— Ouvrez les yeux, je vous en conjure. Vingt-deux ans ont passé, vous n'avez plus rien à redouter.

Elle se détendit, cessa de pleurer et de geindre. Ses paupières se soulevèrent, d'abord imperceptiblement, puis retombèrent. Les cils bougèrent à nouveau. Elle se décida, d'un coup, à regarder la rue.

— Vous étiez là, n'est-ce pas ? Vous étiez là, à l'attendre quand il a été tué ? Dites-moi… Personne ne vous a jamais demandé de témoigner ?

Elle s'éloigna doucement de la fenêtre et retourna s'asseoir dans le fauteuil. L'épreuve l'avait changée, elle paraissait plus forte, plus jeune, comme revenue à son âge véritable. Elle tourna la tête vers moi.

— Oui, j'étais accoudée à la fenêtre. Roger terminait son dernier cours à cinq heures. Normalement il aurait dû être rentré depuis deux heures, au moins. J'étais très inquiète à cette époque. J'étais enceinte de Bernard, une grossesse très difficile qui m'interdisait de sortir. Je devais impérativement rester dans l'appartement pour éviter un accouchement prématuré. Roger ne m'avait pas averti d'un éventuel retard. Et puis, tout d'un coup, la manifestation a débuté. Les cris, les bousculades, les grenades qui éclataient, les coups de feu. J'étais comme folle. Je me précipitais à la fenêtre à tout instant pour guetter mon mari, ou à la porte dès que j'entendais des pas dans l'escalier. À un moment, je l'ai aperçu, dans la rue, il s'approchait de chez nous. Je m'en souviens comme si ça se déroulait à présent. Il marchait avec un bouquet de mimosa et un carton de gâteaux. Il a gravi quelques marches et s'est arrêté auprès de la balustrade pour observer les événements, les matraquages. Je lui ai crié de monter, de ne pas s'attarder, mais les bruits de la manifestation couvraient ma voix.

— Il était seul ?

— Au début, oui, mais peu après, un homme vêtu d'un uniforme de policier, un C.R.S. je crois, est venu s'installer à côté de lui. Son attitude n'était pas normale, il portait son manteau de cuir plié sur le bras, malgré la pluie et le froid. Ensuite il s'est glissé derrière mon mari et lui a bloqué la tête à l'aide de son avant-bras. Il avait un revolver dans l'autre main. J'ai crié, crié du plus fort que je pouvais, sans résultat. J'ai voulu descendre mais je parvenais à peine à traverser cette pièce, à cause de Bernard… Enfin à cause de mon ventre. Pauvre Bernard !

— Pardonnez-moi de vous obliger à remuer de pareils souvenirs, mais il n'y avait pas d'autres moyens. Un cinéaste belge a filmé une partie de cette scène. Il se trouvait de l'autre côté du boulevard, près du Théâtre du Gymnase. Je possède une photo tirée de ce document. Il s'agit des derniers instants de votre mari. Le visage de son assassin est à demi masqué mais il reste très significatif. Vous voulez le voir ?

Elle accepta. Je sortis le tirage réalisé la nuit précédente dans les studios de la R.T.B.F.

— Vous le connaissez ?

Elle secoua la tête.

— Non, Inspecteur, je n'ai jamais rencontré cet homme. Je n'ai jamais vu mon mari en compagnie de policiers et je ne comprends pas pourquoi ils l'ont tué…

— Une dernière chose, Madame, et j'en aurai terminé. Il y a un instant vous avez déclaré que votre mari finissait ses cours à dix-sept heures. Comment expliquez-vous qu'il ne soit arrivé que deux heures plus tard près de chez vous ? Il faut moins de dix minutes pour couvrir la distance séparant le lycée des boulevards…

— Je ne me l'explique pas, Inspecteur, c'est comme ça.

— Ces retards étaient fréquents ?

— Une fois par semaine, quelquefois deux… Écoutez Inspecteur, ma grossesse nous interdisait tous rapports intimes. Ça n'est pas agréable à avouer mais c'est un fait. J'admettais que Roger ait besoin de rencontrer une femme normale. Quel mal y a-t-il à ça ?

— Aucun. Je suis désolé, mais mon métier repose sur l'indiscrétion. Je vous posais cette question parce que l'inventaire des poches de Roger Thiraud mentionne la présence d'un ticket de cinéma. Le Midi-Minuit pour être précis. Je pense que la vérité est là ! Il y a vingt ans, un respectable professeur d'histoire devait avoir quelques réticences à avouer son goût pour le cinéma fantastique… même à sa femme. J'ai le numéro du billet, je chargerai l'un de mes adjoints de vérifier auprès du Centre National du Cinéma la date exacte à laquelle le coupon a été délivré.

Elle m'adressa un sourire ; je ne parvins pas à penser, sans un fort sentiment d'an-

goisse, qu'il s'agissait là de son premier sourire depuis vingt-deux années.

— Votre mari n'a pas été tué au hasard. Il est évident que son assassin obéissait à un plan précis, qu'il possédait le signalement de sa victime. Le film belge est édifiant à cet égard. Le C.R.S. ou l'homme déguisé en C.R.S. a quitté sa planque et s'est dirigé sans hésiter vers la rue Notre-Dame-de-Bonne-Nouvelle. Ses méthodes prouvent que nous avons affaire à un professionnel, comme pour le meurtre de votre fils à Toulouse. Ou, hypothèse invraisemblable, votre mari était le sosie parfait d'une autre cible. Non, je pense qu'il était bien l'objectif du tueur. Votre mari gênait quelqu'un, au point de devenir la victime d'une véritable exécution. Vous êtes sûre qu'il ne poursuivait aucune activité de type politique, syndical ou même humanitaire ?

— Non, je vous l'ai déjà dit. À part ces retards, ces sorties au cinéma si je vous fais confiance, je ne vois rien de mystérieux dans la vie de mon mari. Roger n'a jamais abordé ces sujets à la maison. Nous parlions histoire ou littérature. Le Moyen Âge le passionnait beaucoup et il se relaxait en écrivant une sorte de monographie sur sa ville natale, Drancy. Il aimait énormément ses parents qui vivent toujours là-bas, en Seine-Saint-Denis. Ils habitent rue du Bois-de-l'Amour. Je me demande encore si ce n'est pas cette maison qui lui a donné le goût de l'histoire…

— Comment ça ?

— À l'origine, le bâtiment faisait partie d'une ferme qui s'est transformée en restaurant au tout début du siècle. Pendant quelques années on raconte qu'elle a surtout servi de maison de rendez-vous. Après la loi Marthe Richard, on en a démoli les trois quarts pour construire une clinique d'accouchement. Mon mari y est né d'ailleurs. Il a passé toute sa jeunesse à deux pas de là, dans un pavillon rescapé lors de la rénovation de ce quartier. Cela ne vous intéresse pas trop… Je le comprends. Enfin, cette monographie est chez mon fils. Du moins chez sa fiancée, Claudine. Vous la connaissez ?

— Oui, je l'ai rencontrée à Toulouse. J'aimerais jeter un coup d'œil à ce travail. J'ai prévu de m'entretenir avec elle avant mon départ demain soir. Ils s'entendaient bien ?

— Très sincèrement, je n'en sais rien. La petite faisait des efforts pour venir ici ; Bernard devait la traîner. Je savais bien qu'elle ne se sentait pas à l'aise en ma présence, mais c'était au-dessus de mes forces. Je ne suis pas facile à vivre. Ils donnaient l'impression d'être heureux ensemble, je ne me souviens de rien d'autre.

Je la quittai bientôt et descendis précautionneusement les marches cirées, sans lâcher la main courante. Je tournai à gauche vers les boulevards. Parvenu au milieu de l'escalier de la rue Notre-Dame-de-Bonne-Nouvelle, je me retournai et levai la tête

en direction de l'appartement de Mme Thiraud. Elle était accoudée à la rambarde. Elle me fit un signe d'amitié. Je l'observai un moment avant de lui rendre son salut et m'engouffrai dans la bouche de métro. Je changeai de rame à la station Auber pour prendre le R.E.R. Dalbois m'avait conseillé de pousser jusqu'au terminus de Marne-la-Vallée.

Une allée piétonne, protégée par une voûte d'Altuglas, menait de la gare à l'esplanade où se rejoignaient les différentes lignes d'autobus qui desservent la ville. Un coup d'œil suffit à me prouver qu'il n'y avait pas que ces lignes pour desservir le paysage !

La place était encastrée au centre d'une cuvette, surplombée par les collines. L'ouest du site était barré par la façade aveugle d'un gigantesque Centre Commercial. La seule note de fantaisie résidait dans la présence d'une construction rose, d'une vingtaine d'étages, posée au sommet de l'une des collines. L'autocar dans lequel j'avais pris place passait justement à proximité du bâtiment que je pus ainsi examiner tout à loisir. L'extérieur imitait assez parfaitement les façades des arènes espagnoles, une sorte de long mur circulaire percé d'alvéoles. Tous les vingt mètres, une colonne en demi-cercle grimpait tout le long de la construction. Des ouvertures pratiquées dans ces tourelles montraient le parcours des cabines d'ascenseurs. Une large arcade permettait de découvrir une grande cour plantée d'arbres et de fleurs. Un panneau d'entreprise indiquait les noms et adresses des promoteurs et signalait : « *Le Grand Théâtre. 630 appartements prestigieux avec vue sur la Marne. 2 et 3 pièces disponibles. Prêts PIC, PAC et PAP possibles.* »

Le machiniste annonça la station Pyramide. Dalbois m'avait dit de contourner un immeuble de bureaux, puis de prendre à gauche, vers le château d'eau. Il logeait dans une cité expérimentale, à mi-chemin entre le HLM et la maison individuelle. Les cellules d'habitation étaient conçues dans des cubes empilés selon un ordre apparemment anarchique. Le toit de l'élément inférieur constituait la courette de l'élément supérieur. Je sonnai à la porte 73. Dalbois vint m'ouvrir.

— Bonsoir, Cadin, je me demandais si tu n'allais pas te défiler.

Je marquai un mouvement de recul pour bien montrer que cette idée ne m'avait même pas effleuré.

— Allons, c'est un véritable plaisir de répondre à ton invitation.

Il me présenta à Gisèle occupée à préparer le dîner. Elle ferma le four programmable à pyrolyse et se tourna vers moi en désignant son tablier de ses mains ouvertes.

— Excusez-moi mais je n'ai pas encore eu le temps de me changer.

Dalbois me fit visiter le moindre placard de son appartement puis il m'entraîna

dans le salon. Il brancha la télévision en prenant soin de couper le son.

— Alors, tu avances ?

Je lui racontai mon expédition bruxelloise ainsi que mon entretien avec la mère de Bernard Thiraud. Il accrocha dès que j'évoquai le tirage réalisé par les techniciens de la télé belge, à partir de la bande vidéo.

— Tu as cette photo sur toi ?

Je la posai sur la table basse entre les apéricubes et les bouteilles d'alcool.

— Ton histoire est absolument incroyable…

Il approcha le cliché de ses yeux.

— … ton C.R.S. a l'air vrai. À part l'absence de signes distinctifs. Logiquement il devrait porter les numéros de sa compagnie et de son district. Tu ne crois pas ?

— En temps normal, oui. Mais pas ce soir-là. Je me suis renseigné, les règlements étaient suspendus. Toutes les unités utilisaient les armes de réserve, y compris les armes offensives. Il est tout à fait plausible que les hommes aient reçu l'ordre de masquer leurs codes d'identification.

— Tu t'es embarqué dans une drôle d'aventure. Je t'ai déjà donné ce conseil mais je préfère le renouveler : laisse tomber. Enquête à Toulouse, peinard. On ne t'en demande pas plus. Ça se terminera par un dossier classé « sans suite ». Qu'est-ce que tu as à perdre ? Rien ! Tu trouveras bien une autre affaire de meurtre moins puante pour te rattraper. Un Ricard ?

— Non merci, avec cette chaleur je ne supporte pas l'alcool.

— Alors passons à table. C'est moi qui ai choisi le menu, en souvenir de nos années de galère à Strasbourg.

Gisèle Dalbois amena en minaudant un plat en terre cuite garni d'une imposante choucroute au boudin blanc, qu'elle posa entre deux bouteilles de gewurztraminer.

— Attaque Cadin, te laisse pas intimider. Tu verras, elle les réussit pas mal. C'est une choucroute strasbourgeoise avec la garniture de fête. Gisèle la cuit à la mode de Colmar : elle rajoute un verre de kirsch une heure avant de servir. Qu'est-ce que tu en penses ?

— Fameux. Je vous félicite, Madame.

Nous étions venus à bout du plat en nous aidant généreusement du vin d'Alsace. Gisèle nous installa sur la terrasse, au frais, pour prendre le café. Dalbois se pencha vers moi, le visage grave, comme pour une confidence.

— Tu sais, Cadin, nous appartenons à une minorité…

Puis il abandonna son air de comploteur.

— … Le matin, huit Français sur dix boivent du café. Ils ne sont plus que quatre

à persévérer au déjeuner. Il n'en reste que deux en milieu de journée et un seul après le dîner ! Eh bien, tous les trois nous sommes celui-là !

Il regarda sa montre et feignit la surprise.

— … Il faut se dépêcher, ton dernier train part dans vingt minutes. Je t'aurais bien proposé de dormir à la maison, mais les lits des mômes sont un peu courts.

Je pris bien garde de ne pas insister… La vie de famille, même celle des autres, ne me réussit pas trop. Ils m'accompagnèrent jusqu'à la gare. Pendant le trajet je remis la photo extraite du film à Dalbois.

— Rends-moi un dernier service ; essaie de te renseigner sur ce type. Il ne doit pas être facile à débusquer, surtout qu'il s'est sûrement mis au rancart depuis le temps. Si tu ne trouves rien, je réfléchirai à ton conseil.

Il rangea le document dans la poche intérieure de sa veste. Le train entrait en gare. Je m'installai près de la vitre et la baissai malgré tous les pericoloso spoghersi du monde. Dalbois, sur le quai, se hissait sur les pointes pour ne pas avoir à parler trop fort.

— Je ne te promets rien, Cadin. Laisse-moi trois ou quatre jours. Si je dois dénicher une piste, il ne me faut pas plus. Pour être tout à fait franc, ton C.R.S. est plus dangereux qu'un bâton de dynamite ; je n'ai qu'une envie, me débarrasser de sa sale gueule le plus rapidement possible. Je t'appelle à Toulouse dès que j'ai du nouveau. Ciao.

Le wagon était vide. Je demeurai seul jusqu'à la station Vincennes. Là, une bande de loubards prit possession des lieux. Un grand type boutonneux s'approcha de moi. Il s'assit lourdement sur le siège qui me faisait face et allongea les jambes en posant ses chaussures à moins d'un centimètre de ma cuisse. Pour toute réponse j'écartai le pan droit de ma veste pour laisser apparaître l'étui de mon revolver et la crosse noire. Immédiatement, les deux pieds rejoignirent le sol. Le gars se leva, un peu nerveux. J'entendis quelques bribes de conversation : C'est un flic, il a un flingue. Ils se décidèrent à descendre à la station suivante, Nation, et je retrouvai ma tranquillité.

Pas la grande surprise, non… Mais un petit coup au cœur, tout de même, le lendemain matin quand je reconnus la voix de Claudine Chenet au téléphone. Je m'apprêtais à la joindre sans trop parvenir à me décider. Je préparais une première phrase, en changeais… Son appel mit un terme à mes tergiversations.

— Inspecteur, je tenais à vous remercier, tout simplement. La mère de Bernard m'a

contactée, hier soir, pour me raconter son aventure avec vous. Je ne sais pas si cette rencontre a fait avancer votre enquête, je le souhaite, mais le simple fait que vous cherchiez à comprendre pourquoi Bernard a été tué, nous est d'un grand secours.

Je bredouillai lamentablement et lui laissai reprendre l'initiative.

— Vous retournez à Toulouse dès ce soir ? C'est bien exact ?

Je crus discerner un accent de dépit dans son intonation, presque un regret.

— Oui, je prends le train à seize heures. Nous pourrions nous voir, d'ici là ? N'importe comment c'est nécessaire, j'ai encore quelques questions à vous poser. Que faites-vous à midi ?

— Je travaille sur ma thèse.

— Moi qui pensais que les étudiants étaient toujours en vacances !

Ma phrase était partie un peu vite. Elle me répondit, sans colère.

— Dans ce cas ce sont de bien tristes vacances… Je préfère travailler, ça m'occupe l'esprit. D'ailleurs mon sujet est plutôt agréable. Quant à votre proposition, c'est d'accord. Je fais des relevés sur le terrain, entre la porte d'Italie et la porte de Gentilly. Il y a un petit restaurant, boulevard Kellerman, juste après l'entrée du stade Charlety. On peut s'y retrouver vers une heure de l'après-midi ? Ça s'appelle Le Stadium.

J'acceptai le lieu et l'heure du rendez-vous puis raccrochai. Je consacrai quelques minutes de mon temps à ranger mes vêtements dans la valise. Je descendis dans le salon de l'hôtel où deux clients désœuvrés regardaient le journal télévisé de la première chaîne. Yann Marousi annonçait le décès, survenu dans des circonstances tragiques, d'un des pères fondateurs de la vidéo. Il conclut son envolée dithyrambique par l'annonce d'un témoignage.

— … « ainsi, à l'occasion de la mort de cet illustre précurseur de notre profession, nous avons la joie de vous présenter cette interview réalisée il y a moins d'une semaine… »

Les techniciens du studio durent lui signaler, par gestes, que cette joie cadrait mal avec la nature de l'événement, car Marousi changea d'expression. Il se reprit.

— … « Voici donc cet entretien que notre rédaction a le triste privilège de dédier à la mémoire de ce pionnier des techniques nouvelles. »

Je refusai d'en supporter davantage. Je réglai la note, classai précautionneusement la fiche justificatrice de dépenses et me dirigeai vers la station de métro la plus proche. Je descendis à Maison Blanche, ce qui me permettait de rattraper le boulevard Kellerman en contournant la caserne de la Garde Républicaine.

Claudine m'attendait, cachée au fond du troquet. Le comptoir était pris d'assaut par les supporters d'une équipe de rugby qui fêtaient, par avance, la victoire de leurs champions au cours du match de l'après-midi.

J'avais avalé un copieux petit déjeuner, je me contentai donc d'un verre d'eau minérale.

— Alors, cet interrogatoire, Inspecteur ? Je suis prête.

Elle avait dit ça d'une voix emplie d'émotion, un peu comme si cette conversation lui était devenue indispensable. J'en étais resté à notre voyage muet et à mon largage devant une station de taxis. Ça allait trop vite à mon goût, même si ça allait dans le bon sens !

Je me composai à la hâte le visage fermé du professionnel.

— Est-ce que j'ai l'air d'une brute ? J'ai simplement quelques précisions à vous demander. Nous n'avons aucun élément nouveau permettant d'expliquer l'exécution de votre fiancé. Rien, sinon l'histoire de son père. Pour être clair, ça ne sert qu'à tout embrouiller…

Elle m'interrompit :

— Mais vous avez une piste, ma belle-mère a parlé d'une photo…

— Oui, j'espère pouvoir mettre la main sur ce C.R.S. Il a certainement flingué Roger Thiraud, en 1961. Je ne me fais pas trop d'illusions ; j'ai une chance sur cent de retrouver sa trace. La seule hypothèse digne d'intérêt consiste à admettre que les deux meurtres sont liés. Pourtant ça ne colle pas du tout avec l'épisode de Toulouse. Pourquoi le meurtrier aurait-il pris tant de risques ?

Je pris la main de Claudine alors qu'elle la posait sur la table pour saisir sa tasse. Elle ne refusa pas le contact ; bien au contraire, elle tourna sa paume vers la mienne et nos doigts se croisèrent. Je me forçai à parler mais ce n'était plus de questions ni de réponses que nous avions besoin. L'interrogatoire devait laisser la place aux confidences.

— … Vous avez réfléchi à tous ces aspects depuis votre retour ? Faites un effort… Bernard a-t-il fait allusion aux événements de la guerre d'Algérie, particulièrement au cours des derniers jours ?

— Non. J'ai déjà eu l'occasion de vous le dire. Bernard ne me parlait jamais de ses problèmes. On discutait surtout de nos études, de ce que nous ferions, plus tard. Pour le reste, on s'arrangeait… Ce n'était pas facile… Sa mère, vous l'avez vue, était complètement bloquée. Elle ne mettait pratiquement jamais le nez dehors. Heureusement, il gardait des liens très étroits avec ses grands-parents. C'était réconfortant de passer une journée chez eux. Ils habitent en banlieue, à Drancy, un vieux pavillon… C'est en Seine-Saint-Denis, mais on se croirait à deux cents kilomètres de

Paris, la vraie campagne. Ils possèdent un jardin avec des arbres fruitiers. D'après ce que j'ai pu comprendre, la mère de Bernard a été très choquée par la mort de son mari, au point qu'elle se refusait à élever son propre fils. Ce sont les grands-parents qui se sont chargés de lui… Vous devriez les rencontrer, ce sont des gens très accueillants, très chaleureux. Il n'empêche qu'ils ont cru retrouver leur fils, trente ans plus tard : ils ont conçu l'éducation de Bernard de la même façon que s'il s'agissait de leur enfant. À aucun moment ils n'ont tenté de rétablir les liens avec leur belle-fille, de peur d'être séparés de Bernard. Je les comprends… en un sens…

Elle parlait très vite, le front baissé, pour éviter mon regard. Elle tentait de s'expliquer sans rouvrir trop de plaies. Soudain elle fut debout et retrouva son air enjoué.

— Cette fois-ci je tiens à régler les consommations. Je suis en dette envers vous. Ne faites pas l'innocent. Je me rappelle de ce pourboire au chasseur de l'hôtel… Je n'ai pas réussi à vous le rembourser !

Dehors, elle me prit le bras et me guida à travers les cités H.B.M. de la rue Thomire et de l'avenue Caffiéri. Nous avons rejoint la Poterne des Peupliers en silence. Sous le pont de pierre du chemin de fer de ceinture, une meute de chiens s'attaquait, en vagues successives, au contenu d'une benne à ordures placée là par la municipalité pour débarrasser les Parisiens de leurs déchets volumineux. Un berger au poil jaune avait pris l'avantage ; il s'installa en haut du monticule. À notre approche, il montra deux rangées de dents menaçantes qui nous contraignirent à changer de trottoir.

Claudine s'engagea dans la rue Max-Jacob qui grimpe en pente douce vers le quartier Italie. On distinguait les tours de verre et d'acier derrière les immeubles en brique rouge. Au milieu d'un coude que faisait la chaussée, elle obliqua sur la droite et poussa un portillon métallique peint en vert. Je découvris un vaste jardin public planté d'arbres dont les différents niveaux étaient reliés par d'imposants escaliers de pierre. Claudine pointa un doigt, désignant les remparts percés de meurtrières.

— Nous sommes sur les vestiges des fortifications de Paris ! Il n'en reste pas grand-chose, tout a été cassé à partir de 1920. Les derniers bastions ont sauté au moment de la construction du périphérique. J'ai trouvé ce morceau intact en me promenant. Au milieu de l'échangeur de la porte de Charenton il y a un fortin d'angle transformé en dépôt de voirie… C'est Thiers qui les a fait édifier, à partir de 1842… Trente kilomètres d'ouvrages de défense. Le plus drôle c'est qu'il a été chargé de les attaquer, au moment de la Commune de Paris, en 1871 !

Nous nous étions approchés du bord des remparts. Nous dominions un vaste espace occupé par un parc de verdure équipé de jeux d'enfants, tourniquets, tobog-gans… Le jardin butait à droite sur la masse bourdonnante du boulevard périphé-

rique et à gauche sur les cités H.B.M. Plus loin, à l'horizon, une multitude de petites constructions annonçaient les premières lignes de la banlieue : Arcueil, le Kremlin-Bicêtre. À flanc de colline, coincé entre l'autoroute et les grandes cités, le cimetière de Gentilly. Claudine me montra toute cette étendue d'un geste du bras.

— Regardez comme c'est calme. Pourtant après la construction des fortifs, des milliers de personnes se sont installées sur cette zone.

— Ils en avaient le droit ?

— Non. Logiquement c'était interdit, mais quelquefois les lois cèdent le pas aux réalités ; la crise du logement et les prix des loyers, par exemple. Comme les squatters aujourd'hui... Il n'y a pas si longtemps, c'étaient nos grands-parents qui habitaient les bidonvilles ! Ici, c'était un des quartiers les plus sordides, avec les environs de la porte Saint-Ouen. Le royaume des chiffonniers. Pas d'eau, de gaz ni d'électricité. Toutes les saletés étaient évacuées dans une rivière qui coulait dans le creux, au bas du cimetière. La Bièvre, un véritable égout à ciel ouvert... Mais je vous ennuie ?

— Vous vous trompez. Je pensais simplement que vous n'aviez aucune chance d'être embauchée par le Syndicat d'Initiative de la Ville de Paris ! Continuez. Quand je vous écoute, j'ai l'impression que vous regrettez cette époque. Moi non ; ce coin devait être un repaire de malfrats, d'assassins. Une cour des miracles...

— Bien entendu, ça existait mais ce n'est qu'une partie de la réalité. On retient plus facilement les images de *Casque d'Or* et les ambiances des bouquins de Le Breton... Le dimanche, les talus des fortifs ressemblaient à la forêt de Senlis, les familles venaient prendre l'air. Il y avait même des étangs, on pêchait...

— Pas mal de cafés aussi !

— Inévitablement ! Enfin, je préfère la nostalgie des guinguettes à celle des camions de frites-saucisses ! Bien sûr, il y avait des bagarres, des règlements de compte, mais les ambiances de bal sont rarement détendues, non ? Les gens venaient pour oublier la fatigue d'une semaine de travail. À l'époque on trimait soixante heures dans des conditions extrêmement pénibles. La légende et la littérature ont gommé cet aspect des choses... on a préféré parler de la jungle des barrières.

— Croyez-moi, les criminels ne devaient pas se gêner pour venir se planquer dans ce maquis de bicoques !

— Peut-être, mais quelques dizaines d'années plus tôt, on mettait tous les crimes sur le compte des habitants des faubourgs. Prenez un journal, ouvrez-le à la page des faits divers, vous vous apercevrez que rien n'a vraiment changé. Les brebis galeuses sont maintenant ceux qui logent dans les grands ensembles, en lointaine banlieue. Les Minguettes, les « 4 000 ». Les immigrés ont remplacé les romanichels, les jeunes

chômeurs ont pris la place des biffins.

— Vous ne me ferez pas croire que la criminalité était nulle ! Il y a des chiffres...

— Non, elle n'était pas inexistante, elle correspondait, en fait, à celle de Paris et du département de la Seine. Ni plus, ni moins. Certains avaient intérêt à donner une image négative du peuple de la zone. Ils ont utilisé le phénomène de rejet pour les chasser de la périphérie immédiate de la ville. Ça continue avec l'utilisation actuelle du thème de l'insécurité. On tente d'assimiler les couches sociales les plus durement frappées par la crise, à des groupes présentant des dangers pour le reste de la société. Un véritable tour de passe-passe ! Les victimes sont transformées en épouvantails. Et ça marche ! La grand-mère la mieux attentionnée serre son sac à main sur son ventre dès qu'elle croise un garçon aux cheveux un peu trop bouclés ! Rien que cette peur permet de légitimer, par avance, les mesures prises à l'encontre de ces gens.

— Vous oubliez que vous parlez à un flic...

Elle sourit et accentua la pression de son bras sur le mien.

— Non, pas une minute. Allez donc consulter les registres de police du temps des fortifications. Le travail de vos ancêtres, en quelque sorte ! Les crimes de sang étaient extrêmement rares. Les délits les plus courants consistaient en des escroqueries minables, des vols d'aliments, des scènes de ménage. Pourtant, la grande majorité des rubriques de faits divers ruissellent de sang. Un bon filon pour vendre du papier ! On peut passer au kiosque et acheter certains journaux, on ferait la même constatation : assassins, sadiques, violeurs, tous les sales rôles sont tenus par des ouvriers, des miséreux. Jamais de notables... Quand on parle de médecins, d'avocats, de chefs d'entreprises, c'est en rubrique Société. On fait preuve de pudeur, alors que les sommes en jeu dans les affaires de fraude, de fausses factures, de détournements de fonds sont dix fois supérieures au total de tous les hold-up de France et de Navarre.

— En conclusion, vous estimez que nous ne courons pas après les bons lièvres ?

— Vous courez uniquement après les plus petits et vous laissez les gros se repaître tranquillement...

— Vous me connaissez mal, mes enquêtes précédentes prouvent le contraire...

J'avais envie d'en dire davantage, ne pas passer à ses yeux pour ce salaud de flic de service, sans pour autant avoir l'air de me justifier. J'essayai une phrase dans ma tête mais la dialectique décida de me laisser en plan. Je me réfugiai dans le silence. Claudine remarqua mon flottement ; elle en profita pour enfoncer un nouveau coin.

— Le système se protège efficacement... La police constitue l'un des éléments majeurs du dispositif. De temps en temps, il faut bien trouver une victime expiatoire

pour montrer que les couches supérieures peuvent être contaminées. Et prouver que leur force réside dans le fait qu'elles rejettent les mauvais sujets hors de leur sein, sans ménagements. Landru, Petiot… On les charge un maximum et on se sert de ces véritables monstres pour établir le côté aberrant de leur conduite : de toute évidence, elle n'est pas dans l'ordre des choses. Le chômeur qui dévalise une épicerie s'inscrit, lui, dans la vie de tous les jours. Il est donné comme représentatif de sa classe, de son environnement. Il devient un pur produit de son milieu et non celui d'un système qui le voue à la misère et au vol.

— Si on suivait votre raisonnement, tous les chômeurs devraient devenir des truands ! Heureusement, ce n'est pas la règle.

Elle aspira une large bouffée d'air. Sa poitrine se gonfla, soulevant le corsage d'été. Mes yeux saisirent l'éclat noir et dentelé d'un soutien-gorge. Mon cœur abandonna son rythme de croisière et se lança à l'assaut des records.

— Vous refusez de m'écouter. Je suis disposée à admettre qu'il existe une certaine égalité entre un P.-D.G. et un pauvre type ; ils ont autant de chances l'un et l'autre de devenir maniaques sexuels ! Vous ne m'enlèverez pas de l'idée qu'un chômeur a plus d'occasions d'être tenté par un vol à l'étalage, pour de simples raisons de survie.

Claudine se passionnait. L'emportement colorait ses joues du même rouge que son sein furtif avait incendié les miennes. Je capitulai.

— Nous n'arriverons pas à nous mettre d'accord… Nous avons déjà un terrain d'entente, il ne faut pas l'oublier : je ferai tout mon possible pour arrêter l'assassin de Bernard. Qu'il soit faible ou puissant, clochard ou milliardaire. Tant que j'y pense, Mme Thiraud a évoqué devant moi l'existence d'une plaquette, une sorte de monographie de la ville de Drancy que son mari rédigeait durant ses loisirs. Vous êtes au courant ?

Claudine acquiesça.

— Oui, elle est à la maison. Bernard voulait la terminer, en souvenir de son père. Je peux vous l'envoyer à Toulouse dès demain, si vous pensez que cela présente un intérêt pour votre enquête.

— Je préfère régler ce détail le plus rapidement possible. J'aurai le temps de passer chez vous avant de rejoindre la gare. Je demanderai au taxi de faire un détour…

Elle inscrivit son adresse sur une page de calepin qu'elle déchira avant de me la remettre.

Sept heures après la fin de cette discussion, je débarquai à la gare centrale de Toulouse. Le brigadier Lardenne m'attendait sur le quai d'arrivée du Corail, bien qu'il ait terminé son service depuis la fin de l'après-midi. Il me déposa devant mon domicile et profita du trajet pour m'informer de ses progrès dans le maniement des jeux électroniques. Il avait même réussi à battre son fils à la « Bataille des Malouines ». Quatre Exocets à deux ! Un score sans appel… À l'entendre, il ne s'était rien passé de plus important pendant mon absence.

CHAPITRE VII

— Alors Bourrassol, ces convocations bidon, vous êtes sur une piste ?

Le brigadier-chef était assis dans mon bureau. Visiblement, il n'en menait pas large.

Il commença par bafouiller.

— Non, enfin peut-être... Les services de Prodis, au Capitole, ont l'air d'avoir du nouveau.

Ce seul nom me fit sursauter.

— Que ce soit bien clair, Bourrassol : je ne veux rien devoir à Prodis. Vous savez bien qu'avec des types de ce genre il faut rendre au centuple ! Ils se prennent pour Dieu le Père. C'est vous qui êtes chargé de débusquer ces plaisantins. Personne d'autre. Nous étions les seuls visés dans cette affaire, pas la Mairie. Pour moi il s'agit d'un problème intérieur. Et qu'est-ce qu'ils racontent ?

Bourrassol s'éclaircit la voix avant de répondre.

— Au cours des cantonales, en 81, une affiche du *Meilleur*, enfin une falsification, avait été placardée dans toute la ville. Elle représentait le candidat officiel, pratiquement nu sur une plage, dans les bras d'une jeune femme. Trois mois plus tôt, il avait eu un pépin en voiture ; il orientait une partie de sa campagne sur le thème de l'insécurité... Des réunions en béquille, vous voyez le tableau ! Le titre du faux jouait là-dessus : « Son accident de voiture ? La vengeance d'un mari jaloux ! » Il a déposé une plainte contre X, sans résultat, comme d'habitude. La semaine dernière, au cours de travaux d'agrandissement des locaux de l'imprimerie municipale, les ouvriers d'une entreprise de maçonnerie sont tombés sur les plaques offset qui ont servi à l'impression des affichettes. On a interrogé les employés du service. L'un d'eux a avoué qu'il participait aux activités d'un groupe situationniste installé à Toulouse depuis 1976.

— Il a parlé des convocations pour le fichier anti-terroriste ?

— Non, il a reconnu l'ensemble des opérations menées de 77 jusqu'en 82. Selon lui, le collectif a ensuite éclaté, à la suite de divergences idéologiques. Il est possible que certains membres du groupe aient continué leur travail de sape en solitaire, mais dans des conditions plus difficiles puisqu'ils ne disposaient plus de la logistique. Le nerf de la guerre, c'était l'impression des tracts, des affiches et la reproduction de papiers officiels. Sans l'appui du type de l'imprimerie municipale, ils ont dû se rabattre sur un imprimeur classique…

— Dans ce cas, ça ne sera pas trop compliqué de les coincer. On a pu identifier les autres membres du réseau ?

Bourrassol déposa le papier qu'il triturait depuis le début de l'entretien sur le coin du bureau. Je pris la feuille dactylographiée et lus les noms à voix haute.

— Jacques Maunoury, Claude Anchel, Jean-Pierre Bourrassol…

Je butai sur ce dernier nom et interrogeai le brigadier.

— C'est un parent à vous ?

Il baissa la tête comme un gamin pris en faute et prononça faiblement.

— Oui, inspecteur, c'est mon fils. J'ai préparé ma lettre de démission. Je ne comprends pas du tout ce qui lui a pris.

Il se renversa sur son fauteuil, éclata en sanglots. Je ne savais comment réagir face à cette situation totalement inédite pour moi. Je m'approchai de Bourrassol et lui tapotai l'épaule comme je l'avais vu faire au cinéma.

— Nous n'en sommes pas là, Brigadier. Ce que vous venez de faire est très courageux. J'apprécie votre geste à sa juste valeur. Il ne doit pas y avoir beaucoup de policiers de votre trempe qui soient prêts à sacrifier leur famille à leur idéal de justice et de vérité. Vous n'avez pas hésité à dénoncer votre propre fils ! Que peut-on exiger de plus d'un fonctionnaire de police ? Ce serait de la dernière injustice de vous conduire à la démission pour une faute que vous n'avez pas commise. Si on regarde les choses bien en face, ils n'ont pas fait grand mal. Je vais essayer d'arranger ça.

Bourrassol avait cessé de pleurer ; il renifla très fort avant de passer la manche de son uniforme sous son nez.

— Vous avez parlé de tout ça avec votre fils ? Il lui était relativement facile de se procurer les feuillets à en-tête du commissariat ainsi que les tampons. Personne n'aurait soupçonné le fils d'un collègue…

Il me répondit, la voix cassée.

— Bien sûr, j'y ai également pensé, mais c'est impossible, mon fils se balade aux Antilles depuis quatre mois. Il fait son service dans la Marine nationale. Pour le reste, je ne dis pas… mais pour cette histoire, il a une excuse solide.

La sonnerie du téléphone interrompit la suite des tristes aventures de la famille

Bourrassol. On m'avertissait qu'un hold-up était en cours dans une bijouterie de l'allée Jean-Jaurès. Le commerçant avait réussi à actionner le signal d'alarme sans éveiller l'attention du braqueur. Il fallait opérer rapidement pour bénéficier du flagrant délit. Je vérifiai le fonctionnement de mon pistolet Heckler, un modèle P.S.9 puis débloquai la sûreté placée sous la culasse. Lardenne m'attendait dans la cour, le moteur en marche. Je pris place à côté de lui. Il se tenait au courant des développements par la fréquence. Il mit la gomme sans que j'aie besoin de souligner l'urgence qui s'attachait à la situation.

Une voiture de ronde était en planque derrière l'église Notre-Dame-des-Grâces. Je leur transmis la consigne de ne pas bouger, de ne réagir qu'aux ordres donnés par Lardenne, à la radio. À partir de leur position ils couvraient la façade de la bijouterie ainsi que les deux rues situées de chaque côté du commerce. Je descendis dans l'une de ces rues en contournant le quartier. Je fis stopper la voiture juste avant l'angle de l'allée Jean-Jaurès. Je quittai Lardenne et je me dirigeai vers la boutique en affectant l'air dégagé d'un promeneur. J'avais du mal à composer le rôle ; c'est dans des moments pareils qu'on regrette que la formation de flic ne prévoie pas un ou deux stages d'expression corporelle… Je lançai de brefs coups d'œil aux alentours. Apparemment personne ne faisait le guet sur le trottoir. À moins qu'un complice ne se soit embusqué dans une encoignure de porte. Dans ce cas, je faisais une cible parfaite.

Parvenu à la hauteur de la bijouterie je me jetai contre la porte vitrée. Je fis irruption dans la boutique en hurlant comme un frappé, le flingue braqué.

— Police ! Lâchez vos armes.

Le bandit, un petit mec fébrile, habillé comme un employé de banque — Woolmark et chaussures italiennes — opéra un demi-tour sur ses talons et dirigea un fort calibre sur ma poitrine. Il avait au moins aussi peur que moi.

— Ne joue pas avec ça… Je t'aurai mis trois balles dans la tête avant même que tu parviennes à armer ton flingue.

Mon pouce se déplaça imperceptiblement sur le flanc du pistolet ; il appuya doucement sur le minuscule levier situé à gauche, derrière le pontet. La moindre pression sur la détente, une infime crispation de mon index serait maintenant suffisante pour déclencher le tir.

— Écoute-moi bien. Dans un cas comme celui-là, ma parole vaut de l'or. Bien plus que ce que tu peux rafler ici. Tu n'as aucune chance de t'en sortir. Tu as perdu. Il y a deux bagnoles bourrées de flics sur l'avenue. Dans cinq minutes toute la flicaille de Toulouse va rappliquer comme à un congrès. Sans compter la télé et Sud-Radio…

Il ne bougeait pas et maintenait le bras tendu, la main tétanisée sur la crosse de son revolver.

Je continuai à parler.

— ... Sois raisonnable. Pour le moment tu risques une condamnation pour tentative de vol à main armée. C'est du sérieux mais ça peut s'arranger si tu ne tires pas. Je serai appelé à témoigner au Tribunal. La déposition d'un flic de terrain vaut son pesant d'années de tôle. Si je leur raconte que tu t'es laissé faire sans opposer de résistance, tu gagnes trois ou quatre ans... Tu es fait. Limite les dégâts, ça vaut mieux pour tout le monde.

Mon discours ne semblait avoir aucun effet sur lui, ou bien j'avais mis à côté de la plaque. Je me décidai à brusquer les choses.

— ... Tu as le marché en mains. Je te donne trente secondes pour donner ta réponse et dire si ma proposition te va. Fais vite, trente secondes c'est vite passé.

Mes yeux ne quittaient pas son flingue. Je compris que j'avais gagné la partie quand sa main se détendit et s'ouvrit. L'arme tomba sur le sol en faisant un bruit creux semblable à celui d'un jouet. Le bijoutier se précipita aux pieds de son agresseur et ramassa le revolver. Il le brandit en l'air en riant nerveusement.

— C'est du plastique ! Je ne l'aurais jamais cru... On peut dire que c'est drôlement impressionnant, ça fait le même effet qu'un vrai.

Le braqueur profita de ces quelques secondes de flottement pour porter les mains à sa bouche. Il déglutit péniblement, à plusieurs reprises avant de se jeter à terre où il se mit à se tordre, en proie à de très violentes crampes. Je m'agenouillai pour l'observer de plus près.

— Il vient de s'empoisonner. Appelez vite le SAMU. Il va crever !

Le bijoutier se mit à pâlir.

— Mais non, inspecteur, ce salaud vient d'avaler mes diamants et mes perles. Il en a bouffé pour plus de trente millions. C'est un dingue !

Lardenne entra dans la boutique suivi d'une horde de policiers en uniforme, les calibres à l'air. Je l'arrêtai au passage.

— Il faut le transporter à l'hôpital en urgence. Débrouille-toi,

— Il est blessé ? On n'a pas entendu de coups de feu !

— Ce n'est pas ça, ce connard a bouffé le fonds de commerce. Il a le tube digestif le plus cher du monde...

L'ambulance nous conduisit à l'hôpital militaire, près du pont Saint-Pierre. Le croqueur de diamants passa directement entre les mains de l'entérologue. Le toubib nous reçut après son examen.

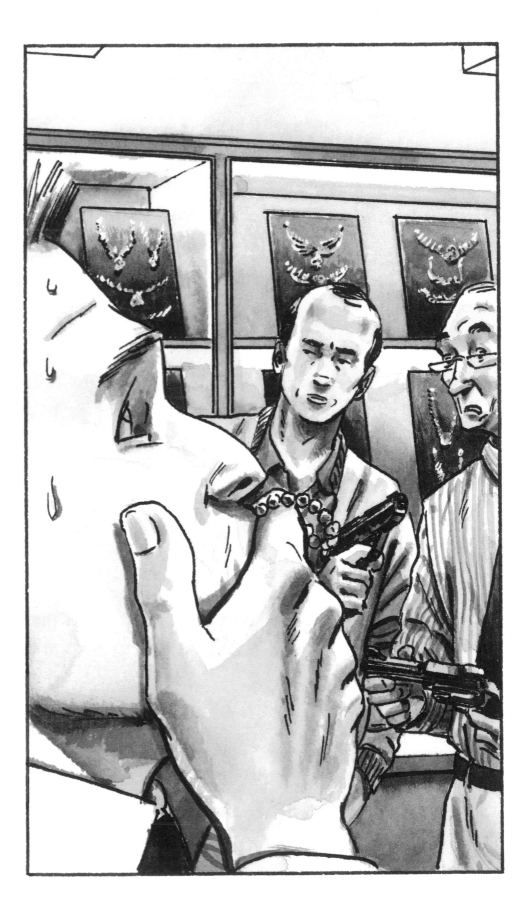

— Il n'y a rien à faire pour l'instant. Je dois vous confier que c'est la première fois que je traite un patient pour une indigestion de pierres précieuses. En temps ordinaire on trouve des objets de moindre valeur. Des clous, des morceaux de verre, des dents de fourchette. C'est absolument incroyable ce que les gens arrivent à avaler. Et je ne m'occupe que de ce qui passe par la bouche ! Les collègues qui travaillent sur les autres orifices naturels pourraient vous en raconter... Les hommes comme les femmes ! J'ai déjà pensé qu'on devrait rassembler tous les corps étrangers extraits depuis dix ans rien qu'à Toulouse, et monter une sorte de musée pervers... Vos diamants se tailleraient un joli succès.

— Désolé, mais nous devons les récupérer, ce sont des pièces à conviction. Ce sera long ?

Le professeur tordit la bouche pour bien signifier qu'il réfléchissait.

— Ils sont de petit calibre. Pour le moment ils cheminent en direction de l'estomac. Nous allons suivre leur progression à la radio ou avec l'échographe, pour lui épargner de trop fortes doses de rayons X.

Le bijoutier intervint à ce moment précis.

— J'espère que mes pierres ne risquent pas d'être abîmées par les rayons ou les sucs gastriques ?

Le professeur lui adressa une moue méprisante et choisit de l'ignorer.

— Au cours des prochaines heures elles traverseront la seconde partie de l'appareil digestif et aborderont la phase du transit intestinal. C'est une étape délicate qui n'est pas exempte de risques. On ne peut écarter l'éventualité d'une occlusion intestinale et le recours à l'opération. C'est une intervention périlleuse, je ne vous le cache pas.

— Et si cela se déroule normalement ?

— C'est ce que je souhaite. Dans ce cas, vous devriez revoir les pierres dans trois jours au maximum. Je vous le promettrais même pour demain, si j'étais sûr que notre malade accepte de collaborer avec nous...

— C'est-à-dire ?

— Nous avons encore une possibilité : lui administrer un laxatif puissant qui stimule très efficacement l'action intestinale. Bien entendu, nous ne pouvons ingurgiter de tels traitements sans l'accord du patient. Amnesty International ne nous le pardonnerait pas...

La redoutable éventualité d'une intervention chirurgicale décida le braqueur à accepter l'ingestion des substances destinées à accélérer ses fonctions organiques. Je pris la précaution de placer un gardien en faction dans la chambre du coffre-fort ambulant et lui intimai l'ordre de vérifier le contenu des déjections du prisonnier.

Le commerçant accepta avec reconnaissance la proposition que je lui fis de tenir compagnie au policier et de le seconder dans sa tâche.

Les pierres et les perles furent restituées dès le lendemain, grâce à une préparation purgative à base de magnésie calcinée dont l'entérologue avait méticuleusement affiné la formule (CaO, MgO, $2CO_2$) afin d'éliminer tout risque d'effets secondaires.

Un télégramme envoyé depuis Paris m'attendait à mon retour au bureau. Dalbois venait de retrouver la trace de l'exécuteur de Roger Thiraud. Il m'avertissait de l'arrivée d'une lettre détaillée pour le soir même.

Je tentai de m'intéresser à une pile de dossiers en suspens, sans beaucoup de conviction. Des séries de vols dans des pavillons, deux ou trois conduites en état d'ivresse, un refus d'obtempérer. Je tuai le temps en vérifiant les états de service du personnel du commissariat et le tableau d'avancement. Je constatai que Bourrassol pouvait prétendre à l'échelon quatre de son grade, à moins que le commissaire Matabiau ne lui tienne rigueur des frasques de sa descendance et ne le confine deux années supplémentaires à l'échelon trois.

Je sursautais à chaque sonnerie du téléphone, à chaque coup frappé à ma porte. Le facteur passait régulièrement à cinq heures pour sa tournée vespérale, mais j'aurais souhaité qu'il déroge à la tradition. Je me précipitai dans l'escalier dès que je l'aperçus qui franchissait le portail. Je récupérai l'ensemble du courrier que j'étalai sur le plateau de mon bureau. La missive de Dalbois était bien là. Je l'ouvris en déchirant l'enveloppe dans ma hâte. L'Inspecteur des Renseignements Généraux ne s'embarrassait pas de formules inutiles.

« Cher Cadin,

Ton C.R.S. se nomme Pierre Cazes et appartenait, en fait, aux Brigades Spéciales chargées de liquider les responsables de l'OAS et du FLN durant les dernières années de la guerre. À tout hasard, je te signale que l'ensemble des faits relatifs à la guerre d'Algérie ont été couverts par un décret de juillet 62 qui stipule, entre autres choses, que nul ne pourra faire l'objet de mesures de police ou de justice, de discriminations quelconques en raison d'actes commis à l'occasion des événements survenus en Algérie et en métropole avant la proclamation du cessez-le-feu.

Pierre Cazes est aujourd'hui à la retraite. Il habitait, il y a encore quelques mois,

dans ta région, à Grisolles, un village situé entre Grenade et Verdun sur la départe-
mentale 17.

Fais gaffe, ce n'est plus sur des œufs que tu marches, mais sur une poudrière. Sois
gentil, détruis ce papier dès que tu l'auras lu, j'ai fait de même avec la photo que tu
m'avais confiée. »

Amitiés
Dalbois.

Je sortis un briquet de mon tiroir et brûlai la lettre dans le cendrier ainsi que l'enveloppe. Je confiai le reste du courrier à la secrétaire pour qu'elle procède à la distribution. Je me mis à la recherche de Lardenne.

Je le retrouvai, avachi sur le siège avant de la voiture de service. Il semblait être atteint d'une maladie nerveuse. Ses bras remuaient par saccades tandis qu'il piquait de la tête. De temps à autre, il se relevait pour plonger à nouveau vers le volant. J'eus l'explication de ce comportement parkinsonien en m'approchant de la portière. Le brigadier Lardenne avait définitivement abandonné les joies mathématiques du Rubik-Cub ; il s'adonnait maintenant aux délices vidéo-névrotiques du Bansaï : il tenait entre ses mains une plaquette électronique de la taille d'une calculette et tentait de faire franchir un parcours semé d'embûches à un petit personnage animé.

— Faites voir ça, Lardenne ! Mettez le cap sur Grisolles. C'est un bled qui se trouve sur la 17, avant Montauban.

Je le laissai jouer avec les bandes blanches, les stops, les priorités et tous les petits bonshommes qui circulaient en cette fin d'après-midi entre Toulouse et Montauban.

Je dirigeai la fuite du petit ramoneur, le pouce droit pour aller en avant, le pouce gauche pour reculer, et tentai de l'amener jusqu'à l'hélicoptère qui l'attendait en haut du building. Il devait grimper un nombre impressionnant de marches, passer une infinité de portes qui choisissaient de se fermer à son approche, le contraignant à des détours haletants. La concierge s'y mettait également et le poursuivait en le bombardant d'ustensiles de cuisine. Il lui fallait, en plus, se méfier des agissements d'un gigantesque rat qui ne trouvait rien de plus excitant à faire, que de manger des étages entiers !

En passant à travers le village de Verdun, je parvins à placer mon ramoneur sur la plate-forme, mais au dernier moment, l'hélicoptère déséquilibré par une fausse manœuvre de mon pouce droit s'écrasa contre les fenêtres du cent treizième étage, tandis que la concierge hilare en profitait pour planter un effroyable couteau de boucher dans le dos du ramoneur. Le rat se précipita pour engloutir le cadavre. Une petite musique aigrelette égrena les premières notes de la Marche Funèbre.

— Vous avez réussi un total de combien, Inspecteur ?

Je pressai le bouton pour l'affichage du score.

— Neuf cent trente-neuf marches !

— Mon record personnel est de mille cinq cent quinze. C'est pas du gâteau… Je vais me payer le Yakoon un de ces jours. Il paraît que c'est dix fois plus passionnant. Le personnage doit affronter un ennemi dont il ignore l'apparence et qui lui envoie ses créatures. Vous ne savez jamais si celui qui est en face de vous est un ami ou un ennemi. Si vous éliminez vos aides vous êtes d'autant moins protégé. Il faut venir à bout de douze épreuves pour accéder au combat suprême avec le Yakoon. En plus, le boîtier modifie les cas de figure après chaque partie. Ça se multiplie à l'infini. Il faut un minimum de deux mois pour maîtriser le premier niveau. C'est un jeu fantastique !

— Vous avez repéré le panneau, Lardenne ?

— Quel panneau, Inspecteur ?

— La route de Grisolles ! Vous venez de la dépasser. Et là, vous ne disposez pas de douze possibilités de rattrapage. Il n'y en a qu'une : faire demi-tour !

Pierre Cazes habitait une petite maison de pays entourée d'un beau jardin entretenu avec beaucoup de soin. Je m'approchai de la barrière et agitai une clochette clouée au montant. Un homme d'une soixantaine d'années au visage marqué apparut à la fenêtre du rez-de-chaussée.

— Oui, que voulez-vous ?

— Je suis l'inspecteur Cadin, de Toulouse. Voici le brigadier Lardenne, mon adjoint. Je désire vous parler, en privé.

Il se montra sur le perron et actionna un mécanisme électrique commandant l'ouverture de la porte. Je remontai l'allée, Lardenne sur mes pas. Il nous accueillit à l'entrée.

— Qu'est-ce qui me vaut l'honneur d'une visite de la police ? Pas de mauvaises nouvelles, j'espère. Ma femme est sortie faire les courses au bourg, mais je peux tout de même vous offrir l'apéritif.

Nous étions dans une vaste pièce organisée autour d'une cheminée en pierre, meublée avec un goût très sûr. Tout en parlant il posa plusieurs bouteilles sur la table, puis deux verres et un assortiment de gâteaux salés.

— Il n'y a que deux verres parce que je n'ai pas le droit de boire. Je me rattrape avec les médicaments…

Il nous servit, Ricard pour moi, floc de gascogne pour Lardenne qui aime bien les sucreries.

— Alors, Inspecteur, vous enquêtez sur mon compte ? Ou sur celui de ma femme...

— Non, pas exactement. Ça ne vous embêterait pas de faire quelques pas dans le jardin ? J'ai envie de marcher.

Pierre Cazes manifesta une certaine surprise mais il accepta ma proposition. Je me décidai à aller droit au but.

— Voilà. En premier lieu, ma démarche n'a aucun caractère officiel. J'admettrais sans peine que vous refusiez de me répondre...

Il me fit signe de continuer.

— ... Au cours de ce mois un jeune garçon a été tué à Toulouse... Bernard Thiraud...

J'observai son visage mais ses traits ne furent marqués d'aucune émotion particulière à l'énoncé du nom.

— ... Il a été assassiné en pleine rue, sans mobile apparent. Nous avons tout vérifié, pas d'histoires d'argent ni de mœurs, rien. Le mystère complet. Puis, en interrogeant la famille je me suis aperçu que le père de ce jeune gars était décédé dans des circonstances tragiques et similaires il y a vingt ans. Exécuté dans la rue d'une balle dans la tête. À l'époque on n'a mené aucune enquête sur ce meurtre. Par le plus grand des hasards, une équipe de la télévision belge venue filmer le tour de chant de Jacques Brel à l'Olympia a fixé les derniers moments de vie de Roger Thiraud, le père de Bernard. Cela se passait à Paris, en octobre 1961. Tout porte à croire que c'est vous qui teniez le pistolet...

Pierre Cazes planta ses mains dans les poches de son bleu et serra les poings. Ses épaules fléchirent. Il ferma les yeux et aspira longuement, les lèvres entrouvertes, puis il se courba. Il s'assit difficilement sur l'une des grosses pierres qui délimitaient le cheminement.

— Comment avez-vous su ? Toutes les archives sont top secret...

— Le hasard, je vous dis.

— Allons, asseyez-vous, Inspecteur. Vous remuez des souvenirs très douloureux. Je ne m'attendais pas à un coup pareil. Ah, on a beau prendre toutes les précautions, si c'est écrit, il n'y a rien à faire. Que voulez-vous que je vous dise ? C'est sûrement moi !

— Pourquoi avez-vous tué Roger Thiraud ?

Pendant une fraction de seconde ses yeux se perdirent dans le vague.

— Je n'en sais fichtre rien. J'avais des ordres. Je me devais d'y obéir.

— Ça venait des Brigades Spéciales ?

— Pourquoi me le demandez-vous si vous connaissez la réponse ? Oui, de la direction des Brigades Spéciales… On était chargé de nettoyer les dirigeants les plus remuants de l'O.A.S. et du F.L.N. La Préfecture nous fournissait les laissez-passer et les armes, des séries non identifiables. En cas de pépin nous possédions le numéro direct du Directeur de la Sûreté. Je l'ai encore en mémoire mais il ne sert plus à rien. MOGador 68.33. On apprenait tout par cœur, pas de traces. Ce n'était pas très drôle, on vivait en clandestins. En face, ils ne se laissaient pas faire sans réagir. Œil pour œil. Ça ne ressemblait pas du tout au boulot que vous faites, Inspecteur. On était autonome, avec nos propres méthodes de renseignement et d'action.

— Même pour l'affaire de la rue Notre-Dame-de-Bonne-Nouvelle ?

— Non, à intervalles réguliers, on était choisi par le Centre pour abattre un pion gênant. Je préférais de loin le reste du boulot, la neutralisation de l'adversaire. Mais liquider un bonhomme, ça ne m'a jamais procuré de satisfaction. Je ne dis pas pour d'autres… Vous savez, j'ai participé à la Résistance et à la Libération dans l'Est. J'ai porté le fusil jusqu'en Indochine. J'ai été habitué à regarder le danger droit dans les yeux : ce n'est pas particulièrement agréable de loger un chargeur dans le ventre d'un Allemand ou d'un Viet, même s'il s'apprêtait à vous faire subir le même sort. Mais foutre une balle dans la tête d'un jeune Français dont vous ignorez tout. Lui désarmé, dans le dos. Il fallait le faire. Je me rassure en me disant que mon geste a peut-être permis d'éviter un attentat ou d'écourter la guerre d'une heure, d'un jour…

— Comment ça s'est passé exactement pour Roger Thiraud ? Qui vous l'a désigné ?

— Comme d'habitude. Un agent de liaison déposait un pli dans une boîte aux lettres relais que je visitais deux fois par semaine. C'est là que je trouvais les instructions, la marche à suivre. Pour Thiraud, si c'est comme ça qu'il s'appelait, on m'a fourni une photo de l'objectif et des renseignements sur ses déplacements, ses habitudes. J'ai choisi d'opérer pendant la manifestation. Il habitait près d'un des lieux de rassemblement ; logiquement il devait rentrer avant le début du défilé. J'avais prévu de lui téléphoner sous un prétexte quelconque pour le faire descendre. Mais je n'ai pas eu besoin de mettre ce plan à exécution. Il n'est pas rentré directement, il s'est payé une séance de cinéma, en face du Rex. J'ai été à deux doigts de faire le boulot dans la salle… À la réflexion, j'aurais dû, ça m'aurait évité d'être filmé par une équipe de la télé belge.

— Vous ne vous êtes pas posé la question de savoir pourquoi cet homme allait mourir de votre main ?

— Parce que vous pensez que l'O.A.S. avait des problèmes de conscience quand elle a fait sauter la gueule d'une douzaine de mes meilleurs copains en truffant leur salle de réunion avec trente kilos de plastic ? On les a ramassés en morceaux dont le plus gros tenait dans ma main, justement… Ou lorsqu'ils ont balancé une grenade dans une cour d'école ? J'ai vu des visages d'enfants ravagés par les bombes… Vous avez déjà entendu les cris de mômes de cinq ans rendus aveugles, dans le seul but d'instaurer la terreur ? En ce temps-là j'évitais de me poser la moindre question pour ne pas devenir dix fois plus enragé.

— Qui vous transmettait ces enveloppes ? Vous pouvez me le dire, vingt ans se sont écoulés, ça fait partie de l'histoire…

— Ce n'est pas certain. Tout le monde sait que les Brigades Spéciales étaient chapeautées par André Veillut et qu'elles étaient rattachées à la police officielle, sans apparaître toutefois sur l'organigramme des services. La meilleure preuve, c'est que mes années de clandestin sont comptabilisées dans mes points de retraite. Je peux même vous confier qu'elles comptent double. Mais il y avait aussi d'autres groupes, comme le S.A.C., qui agissaient en dehors de toute hiérarchie. Des commandos parallèles. On se marchait sur les pieds, tout en étant du même bord. Ne pensez pas que le temps a effacé les haines et les ressentiments. Ça ne me surprendrait pas outre mesure que les nostalgiques de l'O.A.S. cherchent à venger une humiliation. Le F.L.N., moins. Ce sont eux qui ont gagné et les vainqueurs sont toujours plus généreux que les vaincus.

— Votre chef, ce Veillut, était probablement à l'origine de la décision visant à liquider Roger Thiraud ?

— Il était nécessairement au courant. Notre organisme de commandement reproduisait fidèlement notre type d'organisation en commando. Il se devait d'être le plus resserré possible pour se déterminer dans un temps record et avoir le plus de chances possibles d'échapper au système de détection de l'adversaire. Veillut avait au moins trois adjoints mais il pouvait agir seul en cas d'urgence.

— Que fait-il aujourd'hui ?

— Bientôt comme moi. Il n'est pas loin de la retraite. À la dissolution des Brigades Spéciales, il a obtenu un poste à la Direction des Affaires Criminelles de la Préfecture de Paris. Le gouvernement sait récompenser ses meilleurs serviteurs.

Soudain, il se pencha vers le sol et m'invita à l'imiter.

— Venez voir, Inspecteur, une fourmilière. J'ai beau la détruire deux ou trois fois par an, elle se reforme un peu plus loin. Vous avez déjà observé l'intérieur ?

— Sûrement, quand j'étais plus jeune…

— C'est surprenant, elles construisent des galeries, des rampes d'accès. J'ai lu qu'il

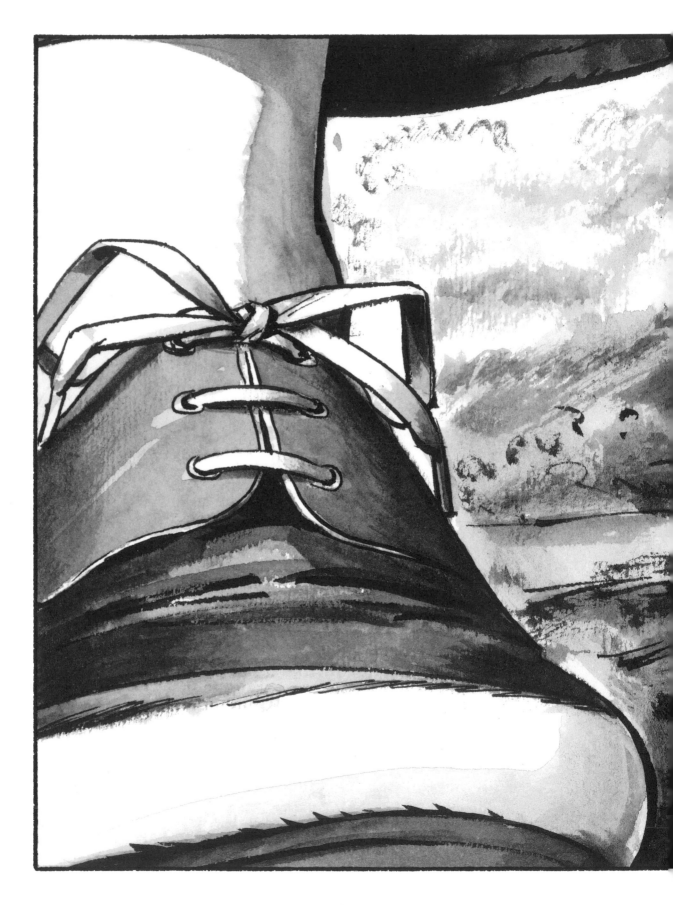

y a plus de deux mille espèces d'insectes classées «fourmis». Des fourmis rouges, noires, des fourmis à miel, des fourmis chasseresses, des fourmis amazones. En les regardant de près, on ne peut manquer d'en repérer une espèce qui corresponde exactement à votre propre caractère. Il y a peu de temps, j'ai découvert quelle fourmi j'étais...

Il prit une brindille et la pointa sur le bord d'un petit entonnoir large comme une pièce de cinq francs et à peine plus profond, creusé dans le sable.

— ... le fourmi-lion. Un solitaire ! Il creuse son trou, s'installe au fond, en embuscade. Ensuite il attend patiemment que des bestioles semblables à lui tombent à sa portée...

La brindille fouetta le sol, rageusement. Une avalanche de sable recouvrit le fourmi-lion. Je me relevai. Pierre Cazes me regardait d'un air narquois, immobile et silencieux. Je rompis le silence.

— Je vous remercie d'avoir accepté de me parler, Monsieur Cazes.

Le brigadier Lardenne me rejoignit, l'haleine embaumant le pastis. Il avait deux apéritifs dans le nez ! Il effectua un demi-tour nerveux et s'engagea sur la route de Toulouse.

J'eus le temps de voir l'intérieur du garage où trônait une grosse Mercedes vert métallisé, une 250 SE des années soixante, avec sa calandre chromée. Le rêve !

Je me tournai vers Lardenne.

— Quelle bagnole ! Il y en a qui ont de la chance...

— Faut pas croire, Inspecteur. Sa femme est arrivée quand vous discutiez dans le jardin. Elle croyait qu'on était envoyé par l'hosto. Le petit vieux n'en a plus pour longtemps ; vous avez vu sa tête ? Les toubibs lui donnent trois ou quatre mois... Encore un qui ne profitera pas de sa retraite.

— On ne croirait pas, il garde le moral pour quelqu'un qui se sait condamné !

— Il ignore la gravité de sa maladie, ils lui font croire à un ulcère carabiné.

Avant le virage, je me retournai sur mon siège. J'aperçus une vieille femme vêtue de gris qui se tenait à la porte du jardin. J'eus l'impression qu'elle notait le numéro de notre voiture. Lardenne braqua. Elle disparut du champ de la lunette arrière.

Le mur situé face au commissariat résonnait depuis toujours des événements qui secouaient le monde. Lors de fréquentes périodes vouées à la réflexion, mon regard errait des minutes entières sur les pierres où je relisais de multiples fois les lettres blanches d'un «LIBÉREZ HENRI MARTIN», ou les traces à demi effacées d'un slogan «... I AU RÉFÉRENDUM» sans être capable de trancher. Cette barre était-elle le I final du OUI ou la jambe ultime du N de NON ? Quant à cet Henri Martin, je ne savais lequel choisir dans la cohorte des Martin homonymes du dictionnaire :

Était-ce « Henri Martin 1830-1883 né à Saint-Quentin », historien français (*Histoire de France 1833-1836*). Membre du Collège de France. Ou « Henri Martin 1872-1934 né à Dunkerque », poète symboliste français « Le lys et le papillon » (1902). Prix de l'Académie Française en 1927 pour son recueil *Légumes et crustacés*.

Ou encore « Henri Martin 1912-1967 né à Saint-Denis », architecte français. Rénovation de Paris. Projet du boulevard périphérique (Percée Martin).

J'hésitai jusqu'au jour où Bourrassol, qui élargissait ses connaissances du milieu marin depuis que son fils naviguait à bord de l'escadre française, m'apprit que le Martin dont le mur retenait le nom avait connu l'humidité des cales et la rigueur des chaînes, pour s'être refusé d'envoyer les quelques centaines d'obus dont il avait la charge sur les quartiers populeux d'Haiphong, au début des années cinquante.

Mais le mur ne vivait pas qu'au passé.

À la fin du mois de juin, une équipe de propagandistes de confession chiite avait tracé, en lettres blanches, une imposante inscription « SOLIDARITÉ AVEC L'IRAN ».

D'autres peintres, en désaccord probable avec les thèses khomeynistes s'étaient contenté de rayer « IRAN » et de le remplacer par « PALESTINE ». C'était sans compter sur la réaction des étudiants sionistes qui recouvrirent la Palestine et s'annexèrent le slogan en traçant, en lettres bleues, les caractères d'« ISRAËL ».

Un sage se manifesta en dernier lieu et mit tout le monde d'accord en masquant au rouleau les noms d'Iran, de Palestine et d'Israël. Pour faire bonne mesure, il badigeonna également la préposition « AVEC » ne laissant que le mot de « SOLIDARITÉ ».

Le commissaire Matabiau était de retour. Il fit irruption dans mon bureau sur le coup de dix heures et ne me laissa pas le temps de lui adresser un bonjour amical.

— Suivez-moi, Cadin. Je voudrais avoir des éclaircissements sur ce qui s'est passé ici durant mon absence.

Il était d'une humeur exécrable. Le bronzage corse dissimulait difficilement son teint bilieux. Il ne retint pas la porte en entrant dans son bureau ; je faillis la prendre en pleine figure. Matabiau posa le bout de ses fesses sur le rebord du plateau et croisa ses bras sur sa poitrine. Il avait dû se lever en vitesse, car je remarquai qu'une de ses chaussettes était enfilée à l'envers.

— Alors Cadin, j'attends !

— Il n'est rien arrivé de vraiment exceptionnel, Commissaire, si l'on excepte la grève des fossoyeurs.

Je cherchai à gagner du temps, à savoir si Cazes était déjà intervenu pour se plaindre de ma visite.

— Enfin, cette grève n'a duré qu'une semaine et tout est rapidement rentré dans l'ordre. Quelques bagarres entre les grévistes et les familles en deuil. Sinon le train-train habituel. Les dépôts de plainte en tous genres, je ne vous fais pas de dessin. Personnellement j'ai consacré l'essentiel de mon temps à la plus grosse affaire du mois. Le meurtre de Bernard Thiraud. Il y a un dossier complet sur mes contacts, aussi bien à Paris qu'à Toulouse...

— C'est tout ?

Il prononça sa question d'un ton excédé en agitant les bras.

— Oui, je ne vois rien d'autre d'important. Je ne vous parle pas du hold-up de l'allée Jean Jaurès, il y a des placards entiers dans les journaux...

J'avais fait cette allusion à bon escient ; les journalistes insistaient tous sur mon courage face à un gangster armé ; ils passaient sous silence la nature du pistolet qui m'était opposé. La simple évocation de mon récent exploit eut pour effet de radoucir l'attitude du commissaire.

— Oui, Cadin, j'ai lu tous ces papiers. Je vous félicite pour le sang-froid dont vous avez su faire preuve dans ces circonstances. Ce qui me préoccupe vraiment, c'est cette affaire de situationnistes. À peine rentré de vacances, je suis assiégé de coups de fil du Maire, de l'adjoint à l'Information, Prodis. Méfiez-vous de cette pieuvre... Je n'ai rien compris à leurs divagations sinon que le brigadier Bourrassol serait impliqué dans l'histoire. Je n'ai jamais rien entendu de plus grotesque ! Vous imaginez Bourrassol déguisé en situationniste ? Vous êtes au courant de cette légende ? Vous pouvez me dire d'où ça vient ?

Je dédouanai le brigadier-chef.

— Bourrassol n'y est pour rien. Ils inventent n'importe quoi pour nous emmerder. On a tout simplement mis la main sur le réseau de situationnistes qui est à l'origine des faux journaux municipaux depuis 1977, ainsi que de l'affiche truquée du *Meilleur*. Le fils de Bourrassol trempait dans la combine, mais il n'a rien à voir avec les fausses convocations envoyées depuis le Commissariat. Il a un alibi en béton : il se balade entre la Martinique et la Guadeloupe grâce aux croisières organisées par la Marine nationale.

Le commissaire Matabiau s'éjecta du dessus du bureau et vint se planter devant moi.

— Des fausses convocations ! J'ai bien entendu ! Vous ne trouvez pas que c'est plus important que tout le reste ? Je me fous de votre meurtre et de votre fakir de bijouterie. Avant de partir en vacances je me doutais que vous parviendriez à me foutre dans la merde. Alors, ces documents falsifiés, c'est quoi au juste ?

— On cherche toujours. Plusieurs centaines de Toulousains ont reçu un papier, imitant à la perfection un formulaire officiel leur enjoignant de se présenter d'urgence au commissariat, pour la constitution du fichier anti-terroriste. La convocation était signée de votre nom avec un paraphe semblable au vôtre. Comme par hasard, les destinataires de ce courrier ont été choisis parmi les personnalités les plus en vue de la ville. Les gros commerçants, les industriels, le clergé, les présidents d'associations, principalement les groupements d'anciens combattants…

— Vous pouvez me montrer un de ces papiers ?

Je tirai mon portefeuille hors de la poche arrière de mon jean et pris délicatement entre mes doigts un carré bleu que je dépliai avant de le remettre à Matabiau. Il l'examina en silence, ligne par ligne. Cette étude lui fit retrouver son calme, à mon grand étonnement. Il me rendit la convocation.

— Ce n'est pas un faux. Ce formulaire est tout à fait authentique. Je l'ai signé la veille de mon départ pour la Corse. Je ne comprends pas comment cette salade a pu se produire !

Je crois bien que s'il m'avait avoué être l'assassin de Bernard Thiraud ma surprise n'aurait pas été plus grande.

— Je ne suis pas encore fou, Cadin ! Je me vois en train de remettre l'original de cette lettre au brigadier Lardenne ainsi que la liste des quatre cents personnes concernées sur Toulouse. J'avais estimé que vous aviez déjà assez à faire avec toute la paperasse du commissariat pour ne pas vous coller cette corvée supplémentaire. Lardenne n'avait plus qu'à réaliser un jeu de photocopies et assurer la mise sous pli… Allez me le chercher, je veux tirer ça au clair immédiatement.

Le brigadier terminait une partie de flipper au café le plus proche. Je l'arrachai à sa table clignotante, cent points avant la partie gratuite au risque de m'en faire un ennemi. Je lui exposai la situation rapidement avant de retrouver le bureau de Matabiau. Le commissaire s'était composé un masque tragique. Il releva le menton quand la porte s'ouvrit.

— Lardenne, vous me devez des éclaircissements. Tâchez de vous montrer convaincant si vous voulez éviter d'être muté à la guérite ! L'inspecteur Cadin vous a mis au courant, j'imagine ? Qu'avez-vous à déclarer pour vous justifier ?

— Je ne sais pas…

— Eh bien, il s'agirait de faire marcher votre tête, Lardenne !

— … J'ai apporté le travail à Mme Golan, au secrétariat. Je lui ai expliqué ce que

vous désiriez. Dans les mêmes termes…

— Bravo, Brigadier ! Je vous confie une mission précise, de la plus haute importance et vous vous empressez de la fourguer à la première venue ! Allez me chercher cette Mme Golan.

Lardenne s'absenta un court moment. Il réapparut accompagné de l'énorme matrone qui présidait depuis de longues années à la remise des cartes d'identité et des passeports. Elle occupait une part non négligeable de l'espace, mais elle essayait néanmoins de se faire la plus discrète possible. Elle franchissait, à l'évidence, le seuil sacro-saint du bureau du Patron pour la seconde fois de sa carrière, après la prise de contact au moment de l'embauche. Son attitude montrait qu'elle appréciait à sa juste valeur la solennité de l'événement. Matabiau fit preuve de beaucoup de délicatesse : avec un minimum d'efforts il parvint à percer le mystère à jour. La pauvre femme était la bonté personnifiée. Sa réputation avait très vite franchi les limites du service des cartes d'identité. Il était rare qu'elle refuse de rendre un service à un collègue embarrassé ; il ne se passait pas de jour sans qu'on lui demande tel ou tel dépannage au nom du débordement présent, accompagné d'un « je vous rendrai la pareille à l'occasion » de pure forme. La brave Mme Golan pliait, scotchait, encartait, agrafait pour le commissariat entier.

Lorsque Lardenne parut, auréolé de sa mission et qu'il lui demanda, au nom du commissaire Matabiau, d'assurer l'envoi des quatre cents convocations pour le fichier anti-terroriste, elle accepta sans hésiter, remerciant le brigadier d'avoir pensé à elle pour un travail aussi délicat.

Elle fit de même, le lendemain, quand un autre chef de service la sollicita au sujet d'une mise sous pli suivie de l'expédition de trois cent soixante-dix-huit cartons ainsi libellés :

Les Œuvres Sociales de la Police Toulousaine ainsi que l'ensemble des Forces de Police de l'agglomération vous remercient de vos dons généreux qui serviront, comme chaque année, à soulager la peine des veuves et des orphelins de nos collègues tombés dans leur lutte pour la Sécurité Publique.

On ne sait comment la liste « anti-terroriste » vint prendre la place du bordereau énumérant les noms des bienfaiteurs. Mais si le gratin toulousain se plaignit amèrement d'être assimilé aux ombres cosmopolites et menaçantes, aucun poseur de bombe, ou soupçonné tel, ne se manifesta pour s'étonner qu'on le remercie d'une aumône fantôme.

Lardenne quitta le bureau le premier, la secrétaire sur les talons. Matabiau traversait la pièce à grandes enjambées en pestant contre ses subordonnées et l'administration en général.

— Vous vous rendez compte, Cadin, une heure de travail et j'ai déjà perdu tout le bénéfice de mes vacances. Ça m'a remis sur les nerfs, d'un coup. Un mois de tranquillité, de détente, c'était trop beau pour que ça dure... J'aurais préféré que ce soit le fils Bourrassol qui porte le chapeau. Au moins il ne faisait pas partie de la maison. Ah, on a l'air malin. Je vais passer pour quoi ? Un laxiste ? Ce Lardenne ne perd rien pour attendre. Il va la connaître la guérite. Je vous le promets ! Bon, ce n'est pas tout, ce meurtre, ça avance ?

— Pas aussi bien, ni aussi vite que je le souhaiterais. On a un peu de solide. Bernard Thiraud a été tué par un Parisien d'une soixantaine d'années. Nous possédons une déclaration d'un témoin qui a repéré le meurtrier alors qu'il quittait une Renault 30 TX de couleur noire immatriculée à Paris et qu'il suivait la victime. Ça se passait devant la Préfecture quelques minutes avant l'assassinat. Lardenne a vérifié tous les points sensibles entre Paris et Toulouse, les autoroutes, les nationales, mais personne ne se souvient du passage de la voiture suspecte, ou d'un type répondant au signalement du meurtrier.

— Si c'est Lardenne qui a fait ce travail, il vaut mieux vérifier...

— Je ne voudrais pas prendre sa défense, mais pour ce boulot je lui fais confiance.

— D'accord, poursuivez.

— Pour la détermination du mobile, nous ne sommes pas très avancés. Le jeune gars se rendait au Maroc en compagnie de sa fiancée...

— Je ne saisis pas pourquoi un Parisien passerait par Toulouse en se rendant au Maroc ! Ce n'est pas l'itinéraire le plus direct pour Marrakech.

— Non, en effet ; Bernard Thiraud et sa fiancée sont historiens. Ils ont fait un crochet par Toulouse dans le but de consulter des archives au Capitole et à la Préfecture. Des liasses de papier sur l'histoire régionale. J'ai travaillé là-dessus deux jours avec Lardenne, sans résultat. Par contre, je me suis rendu à Paris et j'ai découvert des choses plus intéressantes. Le père de la victime a été tué dans des circonstances assez troublantes en octobre 1961, lors d'une manifestation organisée par les Algériens. Je peux même dire qu'il a été exécuté scientifiquement.

— Par qui ?

— À première vue, c'est une liquidation d'ordre politique. La raison d'État. J'ai retrouvé l'agent qui était chargé de ce travail. Il habite sur la route de Montauban, dans un petit bled. Il est à la retraite. À l'époque il faisait partie des Brigades

Spéciales ; des sortes de commandos clandestins créés par le Ministère pour neutraliser les responsables de l'O.A.S. et du F.L.N. Au besoin, pour les neutraliser définitivement. Le service était dirigé par André Veillut, un ponte de la Préfecture de Police. Bien entendu, ils s'arrangeaient pour éviter les enquêtes et les autopsies. Les dossiers sont vides. Je ne sais pas si ça servirait à grand-chose de les remplir, tous ces événements sont couverts par un décret d'amnistie.

— Mais vous pensez que ces deux affaires sont liées, c'est bien ça ? Il n'est pas trop difficile d'échafauder une hypothèse selon laquelle le fils Thiraud serait parvenu à identifier le meurtrier de son père et qu'il soit venu dans notre région dans le but de le venger. Cela explique son itinéraire.

— Ça ne me déplairait pas trop, mais j'ai tout un tas de détails qui ne rentrent pas dans ce schéma. D'abord Pierre Cazes. À part l'âge il ne correspond pas beaucoup au portrait dressé par le témoin. Je ne le vois pas compliquer inutilement son boulot en se procurant une voiture immatriculée à Paris pour venir commettre son crime, en plein jour, avec le maximum de risque !

— Si c'est un professionnel, et nous avons affaire à un professionnel de premier ordre, c'est exactement le type de raisonnement qu'il aimerait vous voir adopter. Le tueur domine parfaitement la situation, Cadin. Si vous n'avez pas retrouvé de traces de cette Renault 30 TX, c'est peut-être qu'elle n'a jamais fait le trajet Paris-Toulouse !

— Il faut bien qu'elle existe, pourtant ! Aucun véhicule de ce modèle n'a été volé au cours de la semaine précédant la mort de Bernard Thiraud. J'ai vérifié personnellement le listing national.

— Pourquoi ne lui aurait-on pas prêté cette voiture ? Grattez l'emploi du temps de ce Pierre Cazes et voyez si l'un de ses amis ne roule pas en Renault noire… Vous êtes retourné aux archives après avoir déniché cette histoire de manifestation algérienne ?

— Non, pourquoi, je devrais ?

— À votre place, je me paierais une nouvelle séance de dépoussiérage. Maintenant vous savez ce que vous cherchez : un rapport avec ce Pierre Cazes ou les Brigades Spéciales. Ça vaut la peine de fureter deux ou trois heures. Vous avez une toute petite chance de déterrer une explication. Mais peut-être que vous reviendrez bredouille si la victime compulsait réellement un dossier concernant son travail d'historien… Dans ce cas, l'affaire Thiraud gardera son mystère. Jusqu'au jour où on mettra la main sur un formulaire d'assurance-vie ou une banale lettre de rupture. Les plus beaux crimes sont souvent les plus ordinaires. Non ?

— Pas celui-ci. Il y a trop de coïncidences, de ramifications. À vrai dire, je dois démasquer l'assassin de Bernard Thiraud mais la seule chose qui me passionne réellement, c'est de comprendre pourquoi un petit prof du lycée Lamartine en arrive à se faire liquider par un agent de la police politique déguisé en C.R.S., au cours d'une manifestation algérienne. Si j'étais assez gonflé, j'irais demander la raison de tout ça à André Veillut, l'ancien patron des Brigades Spéciales ! Tout est amnistié, il ne risque rien à parler…

— Je ne vais pas vous apprendre à mener une enquête, Cadin, bien que je ne renoncerai jamais à donner quelques conseils. Écoutez, vous travaillez à votre guise ; vous pouvez remonter à Alésia ou à la Saint-Barthélemy si vous le jugez indispensable et que cela aboutisse à l'arrestation du coupable ! Le but c'est de solutionner le problème : en clair je me fiche des chemins que vous empruntez pour y arriver. Mais si vous sortez un tant soit peu de la légalité, n'ouvrez pas le parapluie. Proclamez bien fort que c'est du Cadin et rien d'autre. Je ne veux pas que mon nom soit mêlé à je ne sais quel tripatouillage ! Tenez-vous-le pour dit.

— J'ai toujours pris mes responsabilités, Commissaire. Je suis convaincu que ces deux crimes sont liés…

— Pour l'instant, la liaison est uniquement d'ordre familial. Rien ne vous autorise à extrapoler. Soyez très prudent. Vous venez d'évoquer l'existence de DEUX crimes, alors qu'il y a moins de cinq minutes, vous admettiez que la mort de Roger Thiraud était couverte par l'amnistie. Regardez bien attentivement où vous mettez vos pieds, Cadin.

— J'essaie, Commissaire.

— Il ne suffit pas d'essayer. Surtout, ne vous basez pas sur vos « convictions ». Laissez ça aux juges. J'ai besoin d'un coupable tout aussi présentable que le cadavre ramassé près de l'église Saint-Jérôme. À tout point de vue, il serait préférable que vous demeuriez à la tête du commissariat le temps de boucler cette enquête. Vous aurez les coudées plus franches. Il me reste deux ou trois jours de récupération. Je comptais les prendre pour les palombes, mais rien ne m'interdit de les utiliser cette semaine ! Qu'en pensez-vous ?

Je n'en demandais pas tant.

— Je suis d'accord. Le jeu en vaut la chandelle.

Toutefois j'avais le vague pressentiment que cette soudaine générosité masquait autre chose. Matabiau me libéra de ce doute.

— J'en profiterai pour bricoler à la maison. Il y a toujours quelque chose à faire dans un pavillon. Une dernière chose, Cadin, voyez avec Prodis pour cette histoire de fichiers intervertis. Je compte sur votre sens de la diplomatie pour régler au mieux.

CHAPITRE VIII

Je m'acquittai de cette clause secrète toutes affaires cessantes, en téléphonant au maire adjoint à l'Information. Prodis me laissa parler moins d'une dizaine de secondes avant de m'interrompre brutalement.

— Inspecteur, je me fiche de vos quatre cents cartes de remerciements ! C'est du détail… On croyait les tenir depuis la découverte des plaques à l'imprimerie municipale. Eh bien non. Le conducteur offset a dû nous refiler une liste de noms choisis au hasard. Et leur travail de sape repart de plus belle. On nous signale de partout la distribution d'une lettre de l'I.N.S.E.E. qui annonce l'annulation du recensement général de la population de Toulouse par décision du Ministre de l'Intérieur. Je vous lis la lettre…

J'entendis le bruit caractéristique d'un papier qu'on déplie.

— … « *De nombreux dossiers confidentiels ayant été subtilisés par un groupe intitulé I.N.S.E.E. (Intervention Nationale sur l'Équipement Électronique) et, circonstance aggravante, le recrutement trop permissif par la Mairie du personnel recenseur ayant permis l'infiltration d'individus qui, se servant d'un malaise légitime vis-à-vis de l'informatique que, cherchent à nuire à la mise en fiche systématique des individus et à la planification des rapports sociaux, le recensement est annulé dans l'agglomération toulousaine.* »

« Ils recommandent ensuite aux gens de se rendre en mairie pour retirer leurs dossiers ! Ce n'est pas 400 personnes que nous avons sur les bras, mais au moins dix mille selon nos premiers sondages !

Je raccrochai en vitesse et laissai Prodis à sa parano. J'appelai Bourrassol. Il avait patiemment exploré l'hypothèse selon laquelle l'assassinat de Bernard Thiraud se résumait à une simple méprise et que la victime ne constituait pas la cible réelle. À la suite d'un travail minutieux, Bourrassol était parvenu à dresser la liste de la grande majorité des individus présents dans les locaux de la Préfecture le jour du meurtre, entre seize et dix-huit heures.

— Vous savez, Inspecteur, au lieu de placer nos gars en planque dans les quartiers chauds, il vaudrait mieux les faire embaucher comme hôtesses d'accueil dans le hall de la Préfecture. J'ai dressé une liste incroyable. Une dizaine de gros poissons qui ne se prennent jamais dans nos filets, mais qui se baladent sans être inquiétés à deux pas du cabinet du préfet ! Joé Cortanze, par exemple, si je ne me trompe pas, il est bien sous le coup d'un mandat d'arrêt pour un hold-up à main armée ?

— Oui, c'est exact.

— Ça ne l'empêche pas d'être reçu de manière très officielle par le Secrétaire Général Adjoint et le Chef de Cabinet !

— Allons, Brigadier, vous faites ce boulot depuis assez longtemps pour savoir que nos succès reposent à 95 % sur les confidences des indicateurs. Vous venez de découvrir l'œuf de Colomb. Vous avez bien quelques relais autour des lycées pour suivre le passage du shit... Non ?

— Oui, mais pas de ce calibre !

— À part ça ?

— J'ai retrouvé une vieille connaissance, l'ex-brigadier Potrez. Il ressemble vaguement à Bernard Thiraud. Même corpulence, même allure. Il est un peu plus vieux de cinq ans, mais pour quelqu'un qui travaillerait sur photo, la confusion est possible...

— Je ne me rappelle pas de ce nom... Potrez...

— C'était un as du pistolet, la vedette de la deuxième brigade territoriale, jusqu'au jour où il a ouvert le feu sans sommation sur un motocycliste. Il se trouvait en planque pour monter un flagrant délit contre une bande de voleurs de voitures, le gang des BMW. Un môme en moto qui passait dans le quartier a pris peur en voyant un mec en civil qui se baladait avec un Magnum dans les pognes. Il a filé. Un véritable carton. Le médecin légiste a sorti cinq balles. Elles étaient logées dans une surface pas plus grande que ma main... Potrez a été viré de la police ; il bosse maintenant dans une boîte de convoyeurs de fonds. Dans la presse, je me souviens que les amis du jeune motard se disaient prêts à le venger... c'est souvent sous le coup de la colère, après ça se tasse...

— Oui, ou ça se réalise. Ça a demandé plusieurs années, mais Tramoni s'est fait descendre pour le meurtre de Pierre Overney. Même s'il y a une chance sur mille que ça nous mène à l'assassin, il faut aller jusqu'au bout. On verra bien si ça mord !

Je décidai de rentrer tôt ce soir-là ; je me mis au lit dès la fin des informations de vingt heures. J'avais le choix entre une rediffusion de « Jeux sans frontières » oppo-

sant Bécon-les-Bruyères à Knokke-le-Zoute, un magazine consacré à la renaissance de l'Art lyrique dans les Vosges et un débat sur l'étalement des vacances. Je n'avais aucun recours, mon magnétoscope étant resté bloqué à Poitiers. Je me rabattis sur Gutenberg et je fouillai les étagères de la bibliothèque en quête d'un livre oublié. Je tombai sur la monographie inachevée de Roger Thiraud que Claudine m'avait confiée. Je le soupesai, examinai la couverture et me décidai à l'ouvrir. Ce n'était pas un livre à proprement parler, tout juste une maquette. Il semblait destiné à être reproduit tel que. La page de garde s'ornait du blason de la ville de Drancy, surmonté d'une dédicace calligraphiée : « À Max Jacob ».

Le titre était composé en letraset

DRANCY, des origines à nos jours
par Roger THIRAUD
professeur au Lycée Lamartine.

Je feuilletai rapidement le volume. De nombreuses pages comportaient des blancs encadrés au crayon et annotés. Roger Thiraud avait prévu l'emplacement exact des illustrations, photos, graphiques, plans. Il indiquait pour chacun d'eux la source, la référence bibliographique. Le premier chapitre de l'étude évoquait en quelques paragraphes l'histoire de la terre à l'époque secondaire.

Le commissaire n'avait pas poussé aussi loin. Il s'était arrêté à Alésia ! Je lus en diagonale, retenant le sens général du texte. « ... La mer recouvrait la région parisienne. Des sédiments argileux et calcaires se déposèrent dans le site où, des milliers d'années plus tard, allait naître Drancy. »

Je sautai plusieurs millénaires en passant au chapitre trois. J'appris que le nom de cette ville venait « d'un colon romain TERANTIACUM, transformé en DERANTIACUM, derenti puis DRANCY ».

Je m'amusai à décliner mon patronyme, en sens inverse. Je parvins à un CARADINATIACUM satisfaisant.

En l'an 800, la bourgade ne possédait pas l'école et sa population se limitait à deux cents personnes.

Je fis un bond de huit siècles consacrés aux semailles et aux récoltes, pour faire connaissance avec la première célébrité locale : CRETTE DE PALUEL, un pionnier du machinisme agricole », tel était le titre alléchant de ce chapitre. Roger Thiraud envisageait de réserver une page entière à la reproduction du buste de cet éminent savant. Il notait : « photo à réaliser au Cabinet des Estampes, B.N. » Je me plongeai dans la courte biographie de Crette de Paluel, «né à Drancy en 1741, il inventa le cylindre à dent, le hache-racines, le hachoir à paille et la charrue-buttoir pour les pommes de terre. Grand ami de Parmentier, il participa à égalité avec lui à la promotion de ce tubercule.»

Roger Thiraud, dans des paragraphes d'un lyrisme vieillot mais efficace, tentait de mettre fin à cette injustice et s'attachait à asseoir la renommée de son grand homme.

La Révolution n'avait pas laissé de traces profondes dans les sillons dancéens, mais la chute et l'explosion, le 16 octobre 1870, d'un ballon dirigeable gonflé au gazomètre de la Villette occupaient une large place.

La période contemporaine constituait la seconde partie de l'ouvrage; elle s'ouvrait sur une citation des *Misérables*:

«Paris Centre, la banlieue circonférence, voilà pour ces enfants toute la terre. Jamais ils ne se hasardent au-delà. Pour eux, à deux lieues des barrières il n'y a plus rien. Ivry, Gentilly, Aubervilliers, Drancy, c'est là que finit le monde.»

Je fermai les yeux un court instant; ces mots évoquaient en moi les quelques heures passées avec Claudine sur les vestiges des fortifications.

Roger Thiraud passait très rapidement sur les événements politiques nationaux, dès lors qu'ils n'avaient pas d'incidence sur sa ville natale. Il insistait davantage sur les variations de couleurs des élus municipaux et la construction des premiers équipements modernes. Dans les derniers chapitres, il mettait en lumière la vocation de précurseurs des maires d'avant-guerre et leur projet urbanistique intéressant la ville. Il s'agissait de l'édification d'une vaste cité-jardin comprenant plusieurs milliers de logements individuels et collectifs. Une sorte de métropole idéale, un phalanstère du XXᵉ siècle dans lequel chaque habitant aurait à sa disposition l'ensemble des services et des équipements collectifs, écoles, stades, hôpital, crèches, commerces...

Les travaux de la cité pavillonnaire débutèrent en 1932; la ville doubla de population pour atteindre près de quarante mille habitants.

En 1934, on lança un programme encore plus audacieux: Drancy abriterait les premiers gratte-ciel français! Cinq tours de quatorze étages chacune, une série de bâtiments en barre et une imposante cité en forme de fer à cheval de quatre étages, regroupant plusieurs centaines de logements répartis en une trentaine d'escaliers. On baptisa le tout «La Muette» du nom d'un lieu-dit situé à proximité.

Hélas, les espoirs de vie communautaire qui agitaient les esprits des architectes d'avant-garde eurent un bien étrange destin.

Les techniques employées alors dans le bâtiment montrèrent leurs limites et de nombreuses malfaçons apparurent, avant même la mise en location des apparte-

ments. Si les pavillons trouvaient preneurs, les premiers *sky-scrapers* français ne rencontraient pas le succès auprès du public qu'en attendaient leurs promoteurs. Des étages demeuraient vides malgré la modicité des loyers.

Il fallut se rendre à l'évidence, les lapins n'étaient pas mûrs pour leurs cages ! On brada la cité entière au ministère de la Défense qui y cantonna un régiment de Gardes Mobiles.

Je me levai un moment pour boire une bière et me détendre. Je me replongeai ensuite dans les aventures de la Cité-Jardin de Drancy. Roger Thiraud se passionnait pour son sujet ; les détails abondaient.

Pour l'année 1940, il précisait le nombre exact de soldats allemands faits prisonniers sur le front et internés dans la Cité de la Muette. Au passage, je relevai ce détail qui sonnait comme une révélation : l'armée française avait réussi à faire des prisonniers durant la drôle de guerre.

Mais bientôt les Allemands s'installèrent à Drancy. Ce fut en changeant de rôle : de gardés ils passèrent gardiens. Dès l'été 40, ils internèrent les lambeaux des armées française et anglaise ainsi que des civils yougoslaves et grecs arrêtés à Paris. Le 20 août 1941, la Cité de la Muette fut officiellement transformée en camp de concentration destiné au regroupement des Juifs français avant leur transfert en Allemagne et en Pologne occupée.

Roger Thiraud citait le chiffre de 76 000 personnes, femmes, enfants, vieillards rassemblés, en trois ans, à quelques kilomètres de la place de la Concorde, et déportées vers Auschwitz. Il estimait le nombre des rescapés à moins de deux mille.

Chaque semaine, trois mille personnes passaient par Drancy, gardées par quatre soldats allemands, secondés dans leur tâche par plusieurs dizaines de supplétifs français. Roger Thiraud soulignait le chiffre quatre.

Il reconstituait la vie du camp à l'aide de coupures de presse, d'entretiens avec des rescapés. Je me forçai à en lire certains passages.

« Lorsque nous parlions de Drancy devant les enfants, nous avions inventé un nom, pour ne pas les effrayer. Un nom presque joyeux, Pitchipoï. Drancy, c'était Pitchipoï. »

La page suivante était barrée d'un trait de crayon et agrémentée d'une légende explicative : « Reproduire le fac-similé de la lettre du commandant de Drancy annonçant à Eichmann le départ du premier convoi comportant des enfants de moins de deux ans. (Convoi D 901/14 du 14.8.1942.) »

Certains de ces documents se trouvaient réunis en annexe, dans une enveloppe de papier kraft. Je sortis une note du « Bureau d'alimentation » datée du 15 avril 1943.

« En réponse à votre note du neuf courant, nous avons l'honneur de vous communiquer les renseignements suivants :

1) Enfants de moins de 9 mois : 347
2) Enfants de 9 mois à 3 ans :   882
3) Enfants de 3 ans à 6 ans :   1 245
4) Enfants de 6 ans à 13 ans : 4 134
5) quantité de lait perçue actuellement (par mois) : 3 223,50 litres.

En raison des « sautes d'effectifs » très fréquentes, les renseignements ci-dessus ne donnent qu'une idée approximative et le nombre d'enfants peut varier de + ou – 50 unités d'un jour sur l'autre. »

Une autre liasse de papiers portait la dénomination : « Éléments chiffrés. À classer », de la main de Roger Thiraud. De longues colonnes de chiffres s'étageaient sous des titres de rubriques dont la sécheresse de rédaction décuplait le tragique : « Date de départ », « Convoi », « numéro d'ordre », « Camp de destination », « Gazés à l'arrivée », « Sélectionnés H », « Sélectionnés F », « Survivants en 45 ».

Le total des déportés recensés atteignait 73 853, celui des survivants 2 190.

Le dernier tableau établissait, région par région, l'origine géographique des personnes internées à Drancy ; il comportait une sorte de classement par tranches d'âge.

La région parisienne venait en tête suivie de la région Midi-Pyrénées, loin devant le Nord ou le Centre dont les ressortissants juifs semblaient avoir échappé à l'étau gestapiste. La région parisienne tenait toutes les premières places de ce sinistre hit-parade, à l'exception de la première tranche d'âge concernant les enfants de moins de trois ans. Tandis que l'immense majorité des circonscriptions avouaient des pourcentages situés entre cinq et huit pour cent, Paris atteignait onze pour cent et Midi-Pyrénées franchissait la barre des douze pour cent.

Je refermai le livre inachevé de Roger Thiraud en proie à une profonde angoisse. J'hésitai longtemps avant d'oser éteindre la lumière. Le sommeil tardait à venir. Je me relevai pour suivre le dernier journal télévisé. Je m'endormis au matin, alors que la rue s'emplissait déjà des premiers bruits du travail.

Le commissaire Matabiau entra en scène le premier, étrangement vêtu d'une ample cape noire, la tête recouverte d'une cagoule. Je savais qu'il s'agissait de lui, sans même voir son visage. Il marchait lentement et traversait un couloir dont la naissance se fondait à l'infini. Son masque accrochait les reflets bleutés des néons enfouis dans le sol. Matabiau avançait, la tête posée sur son épaule gauche ; il distribuait à une multitude d'êtres chétifs des petits carrés de carton verts ornés de la photo de Prodis. Je me trouvais sur son passage, nu. Il me fit remarquer le caractère indécent de ma tenue en me remettant un papier. Sous la photo de l'adjoint à l'Information, je reconnus le tampon officiel du commissariat ; mais les lignes de texte se brouillèrent dès que j'essayai de les déchiffrer.

Je me tournai ensuite vers les autres participants à cette inquiétante cérémonie et j'identifiai sans peine une bonne moitié de ceux qui m'entouraient.

Les familles en deuil se mêlaient aux ex-grévistes du service des cimetières tandis qu'une unité de Gardes Mobiles tentait d'extraire une imposante pépite des entrailles jaunâtres d'un hippopotame rigolard. Soudain un bruit assourdissant, fait de crissements suraigus et d'explosions, figea l'assistance. Matabiau se volatilisa dans le scintillement du carrelage.

Le couloir s'était élargi ; les parois comme ramollies bougeaient au rythme d'un cœur absent. L'horizon s'obscurcit alors et une Renault noire, démesurée, surgit fonçant droit sur nous, ses roues posées sur des rails luisants qui semblaient naître de son mouvement.

Un visage hideux, déformé par les imperfections du pare-brise, grimaçait derrière le volant. Je distinguai d'un coup les traits de Pierre Cazes. Je restai paralysé et fermai les yeux pour ne pas voir ma mort. En pure perte. Mon regard perçait le voile de mes paupières. Le C.R.S. était maintenant pris d'une sorte de folie ; il sautait sur son siège en hurlant. Sa bouche, ses orbites, son nez se remplissaient de milliers de fourmis noires, aux pattes phosphorescentes qu'il arrachait par milliers et qu'il rejetait contre les vitres du véhicule. La voiture traînait dans sa course folle une file de wagons interminable. De vieux wagons de marchandises en bois, marron, dont les montants pliaient sous la violence des à-coups de la traction. La fin du convoi était composée de containers sans toits qui bondissaient en l'air et retombaient lourdement sur les rails, provoquant des gerbes à l'odeur de poudre. À chacun de ses sauts, des milliers de crânes d'une blancheur calcaire jaillissaient des containers et éclataient sur le ballast du couloir.

Claudine Chenet apparut à la lisière d'un bois situé sur ma gauche. Elle était accompagnée de l'archiviste au pied-bot de la Préfecture de Toulouse. Ils réussirent à stopper la marche effrénée du gigantesque convoi et ils ouvrirent les portes plombées, une à une. Des centaines d'Algériens ensanglantés sortirent des wagons. Ils formèrent d'immenses files pitoyables qui barrèrent l'horizon. Un employé de la

R.A.T.P. décrocha la voiture et libéra une vieille femme du coffre qui la retenait prisonnière. Je crus distinguer le premier sourire de Mme Thiraud quand le train s'ébranla. Toutes les roues se mirent à crisser pour former une plainte insupportable. Deux mains monstrueuses se posèrent de chaque côté du capot de la Renault ; les pouces obstruèrent les phares du véhicule. Je me sentis aspiré très loin, vers le fond de mon lit. Toute la scène se fondit à une vitesse vertigineuse, en un minuscule point rouge qui rejoignit l'infini. J'eus le temps de voir une silhouette dont les contours rappelaient ceux du brigadier Lardenne qui se penchait sur le petit écran d'un jeu vidéo de poche, imitant la forme d'une automobile. Une musique lancinante recouvrit le fracas du train, en adoptant le caractère saccadé. Des milliers de voix enfantines rythmaient la disparition du convoi : « Pitchipoï, Pitchipoï, Pitchipoï... »

Je me réveillai en sursaut, couvert de sueur froide. Je restai de très longues minutes hagard, essayant de tricher avec la peur et d'oublier ces paysages de mort. Je tentai d'imposer d'autres images à mon esprit, cette promenade sur les fortifications, le repas chez Dalbois. En vain. Le visage de Claudine s'évanouissait, imperceptiblement remplacé par celui de Bernard Thiraud. Dalbois prenait les traits de Pierre Cazes. Je parvins à contourner ma terreur en reprenant entre les mains le livre de Roger Thiraud.

Il achevait le récit de la Cité de la Muette en moins d'une page. Le camp libéré en août 1944 abrita, à partir du mois de septembre, plusieurs milliers de Français accusés de collaboration avec l'ennemi. Roger citait le nom des personnalités les plus marquantes, de Tino Rossi à Sacha Guitry, qui firent un bref séjour à Drancy dans ces circonstances. En 1948, on procéda à la réhabilitation des bâtiments qui furent rendus à leur destination première. En annexe l'auteur signalait le titre d'un film, *L'Enfer des anges* tourné dans la cité, en 1936, avec Mouloudji pour vedette.

La contribution du fils, Bernard Thiraud se limitait à un vague plan d'achèvement de l'ouvrage couvrant la période 1948-1982.

Le soleil inondait la pièce. Je m'approchai de la fenêtre ; de lourds nuages noirs naissaient à l'horizon, annonçant l'orage. Je me rallongeai sur la couverture les mains sous la nuque et demeurai là, l'esprit vide, jusqu'à huit heures. J'avalai un café en poudre, puis me décidai à aller au commissariat.

Quand j'arrivai, je surpris le brigadier Lardenne grimpé sur un meuble métallique qui oscillait sous ses semelles. Il décrochait l'imposante carte routière de la France, édition de 1971, qui recouvrait la presque totalité du mur d'entrée.

— Que faites-vous, Lardenne, vous allez vous casser la gueule !

Il se tourna vers moi et bafouilla une réponse. Impossible de saisir le moindre mot.

— Parlez distinctement, je ne comprends rien…

Il porta une main à sa bouche et cracha une demi-douzaine d'épingles.

— La Direction Départementale de l'Équipement nous a refilé une carte mise à jour de cette année. Il y a toutes les nouvelles routes et même le tracé des autoroutes programmées jusqu'en 85. Je vire cette antiquité.

Je m'arrêtai un court moment pour admirer les talents de bricoleur du brigadier. Il déplia le nouveau plan, le disposa sur le mur en plantant une pointe tous les vingt centimètres. Sa tâche accomplie, il descendit du classeur et vint se placer à côté de moi pour juger son œuvre avec le recul nécessaire.

— Il n'y a pas de comparaison, Inspecteur ; ça redonne un peu de couleur à ce bureau. Vous ne trouvez pas ?

Je ne parvenais pas à détacher mon regard du tracé des autoroutes qui sillonnaient la France. Le graphiste n'avait pas lésiné sur la palette ; les artères les plus importantes étaient soulignées d'un trait jaune bordé de deux lignes parallèles orange vif.

— Regardez bien cette carte, Lardenne. Vous ne remarquez rien à propos des autoroutes ?

Il me dévisagea visiblement interloqué.

— Non, il y en a un bon paquet… Vous croyez qu'ils ont fait une erreur ?

— Observez attentivement. C'est pourtant évident ! Vous reprenez toute l'enquête au début ! Dès maintenant.

— Quelle enquête, Inspecteur ?

— Il n'y en a pas mille, Lardenne. Je parle de celle concernant le meurtre de Bernard Thiraud. Vous retournez interroger tous les postes de police situés sur l'autoroute, entre Paris et Toulouse, les stations-service, les restoroutes. Dans les deux sens. Vous avez du boulot.

— Mais, Inspecteur, ils me répondront la même chose qu'il y a quinze jours. Sans compter ceux qui auront des trous de mémoire… ou qui m'enverront balader !

Je me mis sous la carte. Avec une règle, je suivis un tracé orange.

— Qui vous parle d'interroger les mêmes personnes. Nous nous sommes trompés de direction la dernière fois. Il n'est peut-être pas venu par l'autoroute A 10 mais par l'A 6…

— C'est complètement idiot, il faut faire trois cents bornes supplémentaires !

— C'est jouable, Lardenne. Je veux un rapport ce soir au téléphone pour la montée sur Paris. Vous n'oubliez rien : le ratissage intégral ! N'hésitez pas à m'appeler à n'importe quel moment, ici comme à la maison. Faites signer votre ordre de mission par Bourrassol et bonne chance.

Lardenne me salua. Je me propulsai vers la Préfecture de Toulouse. Je donnai le nom de Lécussan à l'hôtesse qui interdisait l'accès aux étages ; elle me laissa passer. Le chef archiviste me fit un signe d'amitié dès qu'il m'aperçut. Il se décida à venir à ma rencontre en claudiquant laborieusement. À chaque pas, il faisait l'effort de soulever son pied-bot alors qu'un simple glissement de sa prothèse sur le parquet lui aurait évité un surcroît de fatigue et aurait mis un terme à cette impression pénible que provoque le déhanchement des infirmes chez ceux qui les observent.

— Monsieur l'Inspecteur. Je suis heureux de vous revoir. Nos vieilleries ont bien du charme. N'est-ce pas ?

Je lui laissai le temps de parvenir à ma hauteur avant de répondre.

— Oui, je n'aurais jamais cru ! J'aimerais jeter un nouveau coup d'œil sur les documents de l'autre jour, ceux que ce malheureux garçon a compulsés.

— Vous avancez ? Si ce n'est pas indiscret…

— Oh, une simple vérification. D'autre part, je pense que vous tenez à jour un fichier des personnes demandant à consulter vos ouvrages ?

— Bien entendu. C'est la règle dans l'ensemble des bibliothèques administratives françaises. Pourquoi cette question, Inspecteur ?

J'inventai rapidement une explication plausible.

— C'est une idée du commissaire Matabiau. Nous sommes sur la piste d'un retraité de la police qui a connu la famille de Bernard Thiraud. Je voudrais voir si son nom ne traîne pas dans un fichier, à tout hasard.

Lécussan se montra très aimable.

— Je peux me charger de cette recherche ; pour moi, c'est de la routine. Vous pourrez ainsi vous consacrer aux autres dossiers.

— Non, c'est inutile. Je vous remercie. Indiquez-moi le lieu où se trouve ce fichier.

— Il est derrière vous, dans le bureau de l'archiviste adjointe. Chaque fiche de lecture est numérotée, puis classée par ordre chronologique.

— Pas de classement alphabétique ?

— Non, cela ne présenterait aucune utilité pour nous. D'ailleurs, c'est un travail mécanique, ces fiches ne servent jamais à rien mais la loi nous oblige à les constituer.

L'archiviste adjointe, une jeune femme, le visage caché derrière d'imposantes lunettes d'écaille, me remit la collection des fiches de l'année en cours. Je retrouvai sans difficulté le carton sur lequel Bernard Thiraud avait inscrit son nom, le motif de sa recherche et les références des dossiers qu'il désirait consulter : « ensemble de la cote DE ».

Je restai un bon moment à feuilleter les fiches sans trouver quelque chose qui ressemble au nom de Pierre Cazes.

Je rendis le classeur à l'archiviste. Sous le coup d'une inspiration subite, je lui demandai de me donner la compilation de l'année 1961. J'ouvris fébrilement le volume au mois d'octobre. Je ressentis un violent choc qui me coupa le souffle, en tombant sur une fiche du 13 octobre 1961 remplie au nom de Roger Thiraud.

Je fermai les yeux. Je relus une seconde fois, calmement, pour être sûr de ne pas me tromper.

« Préfecture de Toulouse. Bibliothèque Administrative. »
DATE : 13.10.1961
Nom du demandeur : Roger Thiraud Domicile : Paris 2e Objet de la recherche : Personnelle Nature des documents consultés : Ensemble cote DE

Je rendis le document à la jeune femme.

— Vous avez trouvé ce que vous désiriez, monsieur ?

— Oui, je crois. Merci.

Le chef de service m'attendait dans la travée, une boîte d'archives sous le bras.

— Voilà la cote DE. Ce sont exactement les mêmes papiers que lors de votre précédente visite. Vous aurez peut-être plus de chance. Et cet ancien policier, vous avez trouvé sa trace ?

— Non, je pense que le commissaire Matabiau faisait fausse route.

J'étalai le contenu de la boîte sur une table de consultation et triai les différentes chemises. J'écartai les DEbroussaillage, DEdommagements, DEfense passive, et autre DEsinfections pour concentrer mon attention sur les dizaines de pièces référencées DEportation.

J'affrontai avec dégoût l'horreur insidieuse de ces notes de service qu'échangeaient les fonctionnaires afin de parfaire l'efficacité de la machine à broyer les corps. Une suite de correspondances mettait ainsi en lumière les différentes phases de la déportation des enfants juifs de la région Midi-Pyrénées. En premier lieu, une lettre du

«Secrétaire aux questions juives» de la Préfecture de Toulouse, signée des seules initiales A. V. demandant à Jean Bousgay, ministre de l'Intérieur, s'il fallait exécuter les ordres allemands. Ceux-ci prévoyaient l'envoi à Drancy des enfants juifs dont les parents étaient déjà déportés.

Le ministre répondait par l'affirmative. Le secrétaire aux affaires juives de Toulouse donnait ses instructions à la police locale pour la mise en œuvre du programme nazi.

Ce parfait fonctionnement de l'Administration locale allait permettre à cette région de ravir la première place à Paris au championnat de l'épouvante, loin devant le reste du pays !

Aucun document ne mentionnait le nom de Pierre Cazes ; je ne me sentais pas d'attaque pour un nouvel examen. Je replaçai toutes les chemises dans le carton. Je cognai à la porte du bureau de Lécussan sans obtenir de réponse. Je fis le tour des rayons sans le trouver ni entendre le bruit caractéristique de son déplacement heurté. Je finis par m'adresser à son adjointe.

— L'archiviste en chef n'est plus ici ?

— Non, M. Lécussan est sorti il y a une dizaine de minutes. Vous voulez lui laisser une commission ?

— Ce n'est pas la peine. Remerciez-le simplement de ma part pour toute son aide.

La première pluie me surprit sur les marches du perron de la préfecture. Des rafales de vent qui gagnaient en violence à chaque minute, soulevaient la poussière sèche accumulée sur les trottoirs et dans les caniveaux. Je me hâtai de rentrer dans le commissariat pour éviter de prendre le gros de l'orage sur le dos.

Il n'était pas encore six heures mais il faisait nuit : un tapis de gros nuages assombrissait le ciel. On avait allumé les plafonniers de la salle de permanence et leur lueur blême enveloppait la pièce dans une atmosphère sinistre. Le coup de téléphone de Lardenne me surprit dans le bureau de Matabiau, à la recherche d'un bottin de Toulouse.

— Inspecteur, vous aviez peut-être raison ; je crois qu'on tient une piste…

— Vous m'appelez de quel coin ?

— De Saint-Rambert-d'Albon, sur l'autoroute A6, entre Lyon et Valence. J'ai fait plus de cinq cent cinquante bornes depuis Toulouse ! C'est chouette comme coin, on voit le Rhône en contrebas. C'est pas loin du Mont Pilat…

— Vous me lirez le dépliant du Syndicat d'Initiative à la prochaine veillée du Comité d'Entreprise, Lardenne. Qu'est-ce que vous avez trouvé ?

— Je le saurai demain avec certitude... Je viens de rencontrer une équipe de motards qui sillonnent l'autoroute entre Lyon et Avignon, à longueur de journée. Un des gars était de permanence la nuit qui a suivi le meurtre de Bernard Thiraud. Il travaillait en doublette avec un autre gendarme, c'est pour ça qu'il faut attendre demain.

— Expliquez-vous clairement. C'est encore pire que si vous aviez une poignée de punaises sur la langue !

— En deux mots, François Leconte, le motard en question, était occupé à vérifier les papiers d'un camionneur, à la hauteur de Loriol, au-dessus de Montélimar. À onze heures cinquante-sept minutes exactement...

— Il a une sacrée mémoire !

— Non, il lui a foutu un P.V. ; l'heure figure sur la souche... Pendant ce temps-là, son collègue a arrêté une Renault 30 TX noire qui roulait à plus de cent cinquante à l'heure...

— Immatriculée à Paris ?

— Je me renseigne. En tout cas le conducteur se faisait passer pour une huile de première. Il a montré une carte tricolore, du moins c'est ce dont François Leconte se souvient. Il était en train de remplir la contravention de son client...

— Interrogez son collègue, ça ira plus vite !

— Justement, c'est le problème. Il est en congé depuis le début de la semaine. Je me débrouille pour obtenir ses coordonnées. Il paraît qu'il fait le beau en Bretagne, dans un caravaning.

— On est verni ! Notre seul témoin est en pleine nature, sans téléphone...

— Vous voulez que j'aille faire un tour vers Brest, Inspecteur ?

— Non, continuez de cuisiner vos motards et tâchez de leur soutirer l'adresse de leur pote. Ça a vraiment l'air de coller. Le crime a eu lieu à six heures. Il a fait cinq cents kilomètres avant minuit, y compris la sortie de Toulouse... Nous avançons, je le sens. Dès que vous avez fini à Saint-Albert-de-Rambon...

— Saint-Rambert-d'Albon !

— Comme vous voulez. Donc, dès que c'est terminé, vous filez à Paris. Vous m'attendez à mon hôtel, je ne tarderai pas à vous rejoindre.

— Prenez l'autoroute A 10, Inspecteur, c'est plus direct ! Je ne comprends toujours pas pourquoi, s'il s'agit bien de notre homme, il s'est envoyé le trajet Paris-Toulouse aller et retour en empruntant l'autoroute du Sud au lieu de suivre tout bonnement l'itinéraire par Bordeaux. J'ai fait le calcul, Paris-Bordeaux-Toulouse, aller-retour, ça monte à 1 600 kilomètres tandis que Paris-Lyon-Montpellier-Toulouse aller-retour, ça dépasse allègrement les 2 200 kilomètres. Il n'a pas fait six cents bornes supplémentaires pour la beauté du paysage?

— Le Mont Pilat n'a rien à voir dans cette affaire, Lardenne, je suis au moins sûr de ça !

— Pourquoi alors ?

— Parce que jusqu'à maintenant c'est lui qui fixe les règles du jeu...

Je devais régler divers dossiers en instance ; je me décidai à quitter les locaux du commissariat à l'arrivée de la brigade de nuit. Une chaleur lourde avait remplacé la fraîcheur apportée par l'orage de la fin d'après-midi. Au contact du macadam surchauffé, l'eau s'évaporait ; une sorte de buée écœurante stagnait au-dessus du sol. Je choisis de descendre à pied jusque chez moi. Je contournai l'église Saint-Sernin pour plonger vers la Garonne par la rue Lautmann. Le flot de voitures et de piétons qui empruntaient le pont Saint-Pierre aux heures d'entrée et de sortie des bureaux s'était calmé. Je longeai le fleuve pour atteindre le quartier des Catalans, cela m'évitait le détour par l'allée de Brienne.

C'est à la hauteur de l'avenue Séjourné que j'eus la première fois conscience d'une présence, comme un écho déphasé de mon propre mouvement. Je marchai quelques dizaines de mètres encore pour me convaincre de la réalité de la filature et me retournai brusquement en scrutant les quais en enfilade. Une silhouette se détacha dans la lumière d'un réverbère sans que je puisse distinguer les traits de mon suiveur, masqués par le contre-jour. L'homme, de petite taille, reposait ostensiblement sur sa jambe droite. Il braquait sur moi un pistolet sombre dont le canon accrochait quelques parcelles de lumière. Je me rendis compte qu'un autre lampadaire se trouvait à moins de deux mètres derrière moi. Mon adversaire devait me distinguer dans une même pénombre. Je ramenai doucement mon bras droit sur mon ventre et déboutonnai ma veste avec d'infinies précautions. Ma tentative ne provoqua pas de réaction de celui qui me mettait en joue. Il n'était pas difficile de comprendre qu'il se servait d'une arme pour la première fois de sa vie : il se tenait les membres raides, la colonne vertébrale rigide ; il maintenait l'arme à bout de bras dirigée à la hauteur de mon visage.

À cette distance, il n'avait pas une chance sur dix de m'atteindre. Il lui aurait fallu fléchir les genoux, courber les reins, plier le bras droit, viser ma poitrine, tout en assurant la stabilité de la pose à l'aide de sa main libre.

Je l'interpellai afin de le distraire davantage.

— Que voulez-vous ? Si c'est de l'argent je suis prêt à vous lancer mon portefeuille...

— Cela ne m'intéresse pas, Inspecteur Cadin, je n'ai pas besoin d'argent. Vous n'auriez pas dû fouiller partout… Je ne voulais pas…

Les intonations de cette voix m'étaient familières, mais je ne parvenais pas à l'identifier avec précision. L'homme se chargea de me rafraîchir la mémoire en balançant son pied-bot vers l'avant.

— Vous êtes fou, Lécussan. Vous ne vous en sortirez pas vivant. Rangez votre arme pendant qu'il est encore temps.

Le chef archiviste avançait toujours de sa démarche saccadée, le pistolet pointé en avant.

J'avais eu le temps de libérer la pression de l'étui. Je me laissai tomber sur le côté gauche en saisissant dans ma chute la crosse de l'Heckler. Instinctivement, mon index glissa sur la culasse et déverrouilla la sûreté avant de se poser sur la détente.

Je vidai la première balle du chargeur allongé sur les pavés humides du quai, tandis qu'un jet de feu sortait du poing de Lécussan. Le projectile siffla au-dessus de ma tête. J'appuyai à plusieurs reprises sur la détente, sans réfléchir, haletant. Seule la peur de mourir me commandait de tirer. Lécussan s'était écroulé après son premier coup de feu. Son arme avait glissé dans une flaque d'eau. Je me relevai pour la ramasser. En l'orientant vers la lumière pour chasser les reflets, je distinguai l'inscription gravée sur le canon : « Llema. Gabilondo. Y. Vitoria. »

Un modèle identique à celui utilisé par le meurtrier de Bernard Thiraud.

Lécussan avait cessé de vivre. Deux de mes projectiles lui avaient fracassé le crâne, un troisième était venu se ficher dans le pied-bot, juste au-dessus du talon. Je téléphonai au commissariat depuis une cabine située sur le quai. Je donnai la consigne impérative au chef de poste de garder l'information secrète durant vingt-quatre heures.

Des passants, intrigués par les détonations, commençaient à se rassembler mais aucun n'eut le courage de m'aborder… Je me demande même si le courage aurait suffi !

En m'éloignant, j'entendis les avertisseurs criards du SAMU mêlés à ceux du fourgon de Police-Secours qui se rendaient sur les lieux de la fusillade.

À minuit trente, l'express de Paris quittait la gare centrale de Toulouse. J'avais pu obtenir une couchette. Je m'endormis avant de passer Montauban, bercé par les ronflements satisfaits de deux représentants de commerce.

CHAPITRE IX

Ils s'étaient couchés tôt, comme d'habitude. Elle dormait sans bruit ; il la regardait avec tendresse, dans la pénombre. Il ne cessait de se retourner dans le lit, gêné par les draps, par la chaleur qui montait du matelas, sensible comme jamais au moindre bruissement dans le jardin, au craquement de l'escalier. Ce n'était pas sa maladie qui l'empêchait de se reposer ni le dernier examen de son toubib, en milieu d'après-midi.

Il savait depuis longtemps qu'on lui jouait la comédie. Depuis un an exactement, quand il avait mis la main sur les bouquins de médecine que sa femme planquait dans le grenier. Ensuite, il avait remarqué sa façon de se jeter avec avidité sur le moindre article...

Il avait compris que son « ulcère » n'y était pour rien, que la bête immonde le bouffait de l'intérieur.

Il faisait semblant de rien, comme s'il croyait à leur fable. On prenait soin de lui, on choisissait ses plats, on lui épargnait le moindre effort.

Ils avaient, de cette manière, grappillé un an de bonheur, un sursis de quelques dizaines de semaines... l'éternité en somme !

Non, si le sommeil ne venait pas, la raison était ailleurs, dans la visite de ce petit flic de Toulouse, avec tout ce qu'elle avait fait remonter de souvenirs, de dégoûts, de honte. Il ne se passait plus une minute sans qu'il y pense. Les images défilaient dans sa mémoire, tragiques, faisant l'impasse sur ce que l'on privilégie en temps ordinaire, les bons moments. Il se leva. Sa brusquerie réveilla sa femme, immédiatement aux aguets.

— Tu te sens mal ? Tu veux quelque chose, une infusion ?

Il la rassura et se dirigea vers le téléphone, dans l'entrée. Il composa le numéro du commissariat que lui avait laissé l'inspecteur Cadin. Le gardien de permanence décrocha.

— Je voudrais parler à l'inspecteur Cadin, c'est très important.

— L'inspecteur n'est pas à Toulouse, il est parti de toute urgence à Paris pour une enquête.

— Oh, ce n'est pas vrai ! Le con… Comment peut-on le joindre ? Son hôtel…

— Je suis désolé, Monsieur.

Il reposa le combiné, réfléchit un moment, puis il s'habilla à la hâte. Il sortit une boîte en carton planquée sur le haut de l'armoire et, de la boule de chiffon huilée qu'elle contenait, il exhuma un pistolet Browning, un modèle 1935, son arme de prédilection. Il éjecta le chargeur pour le garnir de ses treize cartouches. Il réenclencha le tout d'un bref coup de paume.

Sa femme se tenait devant lui, silencieuse. Il était inutile de prononcer le moindre mot.

Dès qu'il eut fini de vérifier l'arme il la glissa dans sa poche de veste et gagna le garage.

La Mercedes vert métallisé répondit au premier coup de démarreur, sans qu'il tire le starter.

Moins de dix minutes plus tard, Pierre Cazes s'engageait sur l'autoroute menant à Paris. Pleins phares, l'aiguille du compteur bloquée sur le chiffre 180.

CHAPITRE X

Le brigadier Lardenne finissait de prendre son petit déjeuner, au bar de l'hôtel, tout en essayant de décrypter les définitions des mots croisés du *Figaro*. Je le vis poser sa tartine et remplir plusieurs lignes d'un coup.

— Bonjour Lardenne, vous êtes également cruciverbiste ! Vous devriez aller au casino, de temps en temps ! Ça doit vous manquer…

Il sursauta en entendant ma voix.

— Inspecteur ! Déjà à Paris ! Je ne vous attendais pas avant cet après-midi. Vous avez voyagé de nuit… vous avez dormi ?

— Oui, j'ai trouvé une couchette. Alors, ce motard, vous avez réussi à le joindre ?

— Oui, hier soir vers onze heures. Au camping du Marrek rose, à Trebeurden. C'est un gendarme de Lannion qui s'est rendu sur place ; il a ramené le motard au commissariat de Trebeurden. Je l'ai eu au téléphone. La Renault 30 TX était bien immatriculée à Paris, je dois me mettre en rapport avec le service des cartes grises pour obtenir le nom du propriétaire…

— Il ne l'a pas relevé ?

— Non. Aussitôt arrêté le gars a sorti une carte tricolore ; il s'est mis à gueuler qu'il était en mission. Le flic l'a laissé filer mais il a retenu le numéro, machinalement. Le 3627 DHA 75.

— Excellent, Lardenne. Je me charge de vérifier le nom du propriétaire de la voiture. Quant à vous, foncez chez Mme Thiraud, rue Notre-Dame-de-Bonne-Nouvelle. Demandez-lui si elle se souvient d'un voyage de son mari à Toulouse, en octobre 1961. Quelques jours avant sa mort. Ensuite passez prendre Claudine Chenet à son domicile. Attendez-moi bien sagement tous les deux au Café du Palais. Ça se trouve en bord de Seine, un peu plus haut que la Préfecture. J'y serai vers quatorze heures.

La matinée fut juste longue pour me permettre de passer au service des cartes grises, obtenir le nom du possesseur de la Renault, retrouver le véhicule et m'entretenir avec son chauffeur habituel.

Je me mis ensuite en rapport avec le responsable des Affaires Générales de la Préfecture de Toulouse qui répondit favorablement à mes questions. Pour clore la série, je me fis annoncer à Dalbois.

— Salut Cadin. Ma lettre a servi à quelque chose ? Tu sais, ça n'a pas été facile de débusquer ton bonhomme ; ils tiennent au secret ! C'était bien lui ?

— Oui, il a exécuté Roger Thiraud en 61, sur ordre. Par contre, je ne pense pas qu'il soit dans le coup pour l'assassinat du fils. En fait, j'ai rencontré un retraité malade qui ne souhaitait plus qu'une chose : se faire oublier. À moins qu'il ne soit meilleur acteur que je ne le crois...

— C'est bien possible ; ton retraité paisible s'est remué après ta visite. J'en ai eu des échos par le collègue qui m'a repassé sa fiche. Ne te fie surtout pas à ce genre de mec. Pour faire un boulot pareil, ça ne devait pas être un enfant de chœur ! Fais gaffe aux ombres...

— Peut-être bien. Je l'ai à l'œil et mon entrevue avec lui m'a pas mal appris. Si je ne me goure pas, je talonne le meurtrier. Il ne me manque plus qu'une toute petite pièce et le puzzle est reconstitué !

— Et tu comptes la trouver ici... Je me trompe ?

— Non, tu as raison. Voilà, il me faut une confirmation. Mon opinion est faite, mais tu sais bien qu'on doit présenter du solide... Chaque fonctionnaire de police est suivi par l'Administration, du jour de son entrée en service à celui de son départ en retraite. J'ai mon dossier, comme toi. Il est remis à jour chaque année avec une mention du supérieur hiérarchique, d'accord ?

— Oui, c'est naturel. Je ne vois pas comment on pourrait gérer un corps de près de cent mille hommes autrement !

— Je ne critique pas le système. Toute notre carrière est résumée sur ce document qui est transmis au Commissaire au moment des mutations. Lorsque je suis arrivé à Toulouse, Matabiau a pu prendre connaissance de mon comportement antérieur et du jugement de mes précédents supérieurs. Eh bien, je souhaiterais avoir une photocopie d'un dossier de ce genre. C'est possible ?

— Ton dossier personnel ? Non, je ne peux pas, il est classé à Toulouse ! Ici je ne peux accéder qu'au fichier de Paris.

— Je me fous de mon dossier ; je le connais mieux que personne ! Je veux tenir entre les mains celui d'un fonctionnaire de la Préfecture de Paris.

— C'est mieux comme ça. Je vais bien dégoter un délégué syndical qui prendra le temps de jeter un coup d'œil au service du personnel...

— Tu fricotes avec les syndicats, toi ! C'est bien la dernière chose à laquelle je m'attendais !

— Modérément. Quand on bosse aux Renseignements Généraux, il est indispensable de varier les fréquentations… certaines sont surprenantes mais utiles. Les syndicats de police sont assez particuliers, surtout les groupes minoritaires. Quand ils recueillent moins de dix pour cent des voix aux élections ils cherchent des appuis. Moralité, c'est le moment d'intervenir. S'ils grossissent, on peut toujours leur rappeler certaines relations un peu gênantes ! Tout se négocie, surtout l'honnêteté. Donne-moi le nom de ton gars et attends-moi dans le couloir. Je t'apporte ton papier d'ici une heure.

Je me contentai d'un souvlaki acheté dans la cabane d'un faux grec pour tout déjeuner. J'avalai le sandwich en marchant vers l'île de la Cité. Trop d'oignons.

Le brigadier Lardenne et Claudine Chenet bavardaient, tranquillement assis à la terrasse du Café du Palais. La jeune femme avait passé une robe ; je vis pour la première fois ses jambes lisses et dorées. Elle se leva à mon approche.

— Inspecteur Cadin, que se passe-t-il ? Votre collègue ne veut rien dire. Il y a du nouveau ?

— Oui, nous ne sommes plus très loin du dénouement. Je tiens à ce que vous soyez présente lors des aveux du meurtrier de Bernard. Vous vous sentez assez solide ?

— Oui, allons-y.

Je pénétrai dans la cour de la préfecture, suivi du brigadier et de Claudine. Une Mercedes vert métallisé était garée dans la cour d'honneur. Un huissier en uniforme nous indiqua la porte C en tendant le bras vers la voûte. On avait installé un bureau et un fauteuil dans l'entrée, le planton nous arrêta au pied d'un escalier monumental.

— Que désirez-vous ?

Je m'avançai vers lui.

— Nous souhaitons obtenir une entrevue avec M. Veillut.

— M. le Directeur est occupé. Il donne une audience. Vous avez rendez-vous ?

Je répondis négativement. Il me tendit un registre et un stylo.

— Inscrivez votre nom et le motif de votre demande sur ce cahier.

Je repoussai le registre.

— Nous ne pouvons pas attendre ! J'arrive de Toulouse spécialement pour le rencontrer. Prenez votre téléphone et dites à M. Veillut que l'inspecteur Cadin est en bas, qu'il veut le voir sur-le-champ.

Il s'exécuta de mauvaise grâce et composa le numéro du Directeur des Affaires Criminelles. Quand il reposa le combiné il baissa la tête et prononça d'une voix étouffée.

— C'est impossible, monsieur Cadin. Essayez de revenir dans l'après-midi ou demain...

Je décidai de passer outre. L'huissier tenta de s'interposer mais je le repoussai sans ménagement. Les marches étaient recouvertes d'épais tapis ; nous progressions dans l'escalier, sans faire le moindre bruit.

Le claquement sec d'une détonation nous surprit au moment d'atteindre le deuxième étage où se trouvait le bureau de Veillut. Lardenne sortit son arme, instantanément, tandis que mon premier réflexe avait été de plaquer Claudine au sol. Je dégainai à mon tour. Un second coup de feu retentit alors derrière la porte du bureau. Des flics en uniforme firent irruption sur le palier. Un court instant, ils crurent avoir affaire à un groupe de tueurs ; ils braquèrent leurs armes sur nous.

Je levai les bras.

— Nous sommes des collègues. Je suis l'inspecteur Cadin, de Toulouse. Ça tire chez le Directeur !

Je désignai la pièce en remuant mon arme dont le canon était pointé en l'air.

Deux policiers prirent position de part et d'autre de la porte. Ils s'apprêtaient à l'enfoncer mais n'eurent pas à mettre leur projet à exécution car elle s'ouvrit, laissant le passage à un vieil homme au visage totalement défait, comme blessé intérieurement.

Lardenne me toucha l'épaule.

— Mais, c'est le retraité de Montauban !

Les flics étaient restés immobiles, choqués par l'apparition de cette silhouette tragique.

J'entrai dans le vaste bureau de Veillut. Le Directeur des Affaires Criminelles avait cessé de vivre, un filet de sang sourdait de sa tempe, aussitôt absorbé par l'épaisse moquette bleue. Un browning était posé près de lui, un vieux modèle de collection d'avant la guerre.

Quand je repassai dans le couloir, Pierre Cazes esquissa un sourire douloureux.

— Il vous aurait eu, petit... C'était joué d'avance.

Et on l'emmena.

Un peu plus tard, alors que nous mangions dans un petit restaurant turc, près du Sentier, Lardenne et Claudine me pressaient de questions.

— On ne saura jamais si c'est vraiment lui le meurtrier. Comment avez-vous pu deviner ?

— C'est pourtant clair… C'est Veillut qui a tué Bernard Thiraud le 18 juillet dernier à Toulouse. Il a également commandité l'assassinat du père de Bernard, en octobre 61, alors qu'il dirigeait les Brigades Spéciales.

— Vous en êtes sûr ?

— C'est simple. Le 18 juillet, Lécussan, le chef archiviste de la Préfecture de Toulouse a téléphoné à Veillut pour l'avertir qu'un jeune garçon du nom de Bernard Thiraud avait demandé à consulter les documents classés en cote DE. Tout comme vingt-deux années auparavant un autre Thiraud…

Claudine m'interrompit.

— Vous appelez ça une preuve ? Comment pouvez-vous affirmer que Lécussan l'a appelé, il est mort lui aussi.

— Un peu de patience. Le coup de fil a bien existé. La Préfecture de Toulouse est équipée d'un central électronique qui sélectionne l'ensemble des appels et les regroupe par services. Ce central a été installé dans un but de rigueur budgétaire, pour déterminer la consommation téléphonique de chacun des employés. Les communications urbaines s'additionnent sur une cassette mais les liaisons inter-urbaines et internationales sont décomptées à part. Sur simple demande, le système peut fournir la liste des appels de tel ou tel poste. Lécussan utilisait le poste 214. La bande témoin a enregistré une communication avec Paris-Préfecture le 18 juillet à 8 h 46. Si vous voulez en avoir le cœur net, appelez Trombel au service des Affaires Générales de la Préfecture de Toulouse, il se fera un plaisir de vous le confirmer.

Claudine et Lardenne hochèrent la tête avec un bel ensemble. Je continuai sur ma lancée.

— Je crois qu'il a demandé à Lécussan de se débarrasser de Bernard Thiraud mais l'autre a refusé en prétextant son handicap. Veillut était coincé. Il n'a pas hésité une seconde. Il a quitté son bureau sur-le-champ ; son rang lui donnait droit à ce genre de privilèges. Il suffirait d'interroger sa secrétaire ou l'huissier pour obtenir confirmation. Malgré tout, je lui reconnais une sorte de génie : n'importe quel criminel se serait précipité à Toulouse en empruntant le plus court chemin et nous l'aurions pincé depuis un bon bout de temps. L'autoroute A10, Paris-Bordeaux-Toulouse ! Il a joué serré, il se doutait que nous n'aurions rien de plus pressé que de vérifier tous les points de passage. Il nous a bluffés en choisissant le chemin des écoliers, l'auto-route du Soleil. Un vrai parcours touristique : Paris-Lyon-Avignon-Carcassonne-

Toulouse ! Onze cents kilomètres… Toi, Lardenne, tu t'es payé le circuit par Bordeaux dans les deux sens en interrogeant les gérants de restoroute, de stations-service, les employés de péage, les flics. Pour rien. On croyait être sur la piste d'une voiture fantôme. Qui pouvait se douter qu'un type plus malin que tous les autres s'offrirait un supplément de trois cents kilomètres à l'aller et autant au retour pour brouiller les cartes ? Ça a failli marcher ! C'est la Direction Départementale de l'Équipement de Haute-Garonne qui nous a remis sur les rails, sans le faire exprès ! Ils ont eu la bonne idée de remplacer notre vieille carte murale et de nous en donner une où les tracés autoroutiers sont presque phosphorescents.

Le visage de Lardenne s'illumina.

— Je me disais bien que ça avait un rapport.

Je repris ma démonstration.

— Veillut a couvert les onze cents kilomètres, le compteur bloqué. Il prenait tout juste le temps de faire le plein d'essence. Il a rejoint Toulouse avant six heures, s'est garé devant la Préfecture pour attendre la sortie de Bernard Thiraud. Lécussan lui en avait tracé un portrait précis au téléphone et il s'est arrangé pour le retenir jusqu'au soir. Dès que le jeune s'est montré, il l'a suivi et assassiné au moment le plus propice. Il est immédiatement reparti pour Paris afin qu'on puisse constater sa présence au bureau dès les premières heures de la matinée. Dommage pour lui, les meilleurs scénarios ne tiennent pas le coup devant le destin. Cette fois-ci, il s'est présenté sous l'apparence d'un motard, aux alentours de Montélimar… à…

Le brigadier compléta la phrase.

— Saint-Rambert-d'Albon.

— Merci, Lardenne. À onze heures cinquante-sept minutes exactement, le soir même. C'est ce motard qui nous a fourni le numéro d'immatriculation du véhicule de fonction, une Renault 30 TX. J'ai pas mal discuté avec le chauffeur de Veillut, au garage de la préfecture… Comme tous les chauffeurs professionnels, il est attentif à la bonne marche de son outil de travail. Surtout qu'en cas de pépin, on lui fait porter le chapeau. Il n'a pas manqué de remarquer le bond effectué par le chiffre du compteur kilométrique dans la nuit du 18 au 19 juillet. Plus de deux mille bornes, ça se voit ! D'autant plus qu'il avait programmé une vidange pour le 21 : la voiture atteignait les 35 000 kilomètres. Veillut ne lui adressait jamais la parole, sinon il lui aurait fait remarquer que le chef du garage lui avait passé un savon à cause du dépassement du kilométrage d'entretien.

Claudine était restée silencieuse jusque-là.

— C'est drôle, mais sa mort ne me soulage même pas… Je pensais que l'arrestation

du meurtrier de Bernard me rendrait heureuse…

Je payai les trois repas. Sur le trottoir, avant qu'elle ne s'éloigne, je lui glissai quelques mots.

— On pourrait dîner ensemble ce soir, je ne repars que demain matin.

Elle fit un signe en direction de Lardenne et baissa la voix.

— Avec le brigadier ?

— Non, il préfère les compagnies électroniques. Il attend avec impatience la mise au point d'une assiette-vidéo !

— D'accord. On se retrouve à huit heures. Passez me prendre à la maison. Vous vous souvenez de l'adresse ?

Comme si un flic de ma trempe pouvait oublier un renseignement de cette importance !

CHAPITRE XI

Le juge prononça l'inculpation de Pierre Cazes dans la soirée, peu après sept heures. On doutait qu'il puisse survivre jusqu'au procès. Une bonne occasion pour étouffer l'affaire. Je filai rejoindre Claudine Chenet. Elle vint m'ouvrir. Elle ne me laissa pas le temps de faire connaissance avec la pièce où je pénétrai. Elle se serra contre moi et posa ses mains sur ma nuque. Mes paumes glissèrent le long de son dos. Je l'embrassai, les yeux clos, tandis que du pied droit je repoussais la porte donnant sur le couloir. Elle se détacha de moi, en silence et vint s'installer sur le bord du lit. Je la regardai sans oser bouger, des larmes coulaient sur ses joues.

— Pourquoi pleures-tu ? Tout est terminé, il faut oublier…

— Non, ce n'est pas pour ce que tu crois. J'ai honte d'être heureuse après tout ça. Tu ne peux pas savoir combien j'ai pu me sentir seule, abandonnée depuis ce jour… J'avais besoin de sentir quelqu'un près de moi… Toi surtout. C'est difficile à avouer, mais je ne veux pas m'habituer au malheur, comme la mère de Bernard.

Elle sourit et m'embrassa à nouveau.

— Allez, c'est fini, je ne pleure plus. Tiens j'ai acheté des fruits. Des fraises et des pêches, ça te dit ?

Je m'assis sur la couverture et la pris dans mes bras.

— Moi aussi, j'en avais envie, depuis notre première rencontre.

— Je ne t'en parlerai plus après, je te promets. Mais explique-moi pourquoi ce vieux bonhomme en voulait tellement à Bernard. Et à son père. J'ai besoin de comprendre. Ce n'est pas un secret ?

— Non. Les journalistes doivent suer sur le sujet dans toutes les rédactions parisiennes ! André Veillut n'avait rien contre la famille Thiraud. Il a vu Bernard une seule fois, à Toulouse. Je pense qu'il ne connaissait même pas Roger Thiraud…

— C'était un fou alors…

— Non, un simple fonctionnaire. Il a commencé sa carrière administrative en 1938, à Toulouse. Il avait tout juste vingt ans. Il se lançait à la conquête de la

Préfecture, bardé de diplômes. En moins d'un an, il est passé Secrétaire Général Adjoint chargé du Secteur Social : l'aide aux familles en difficulté. En 1940 il dirigeait l'organisation de l'assistance aux personnes déplacées et l'accueil des Français qui fuyaient l'avance des troupes allemandes. En 1941, on a étendu ses compétences aux « Affaires des Réfugiés et aux Questions Juives ».

« En fonctionnaire zélé, Veillut a suivi les instructions du gouvernement de Vichy. Il a scrupuleusement organisé le transfert des familles juives vers le centre de regroupement de Drancy. Ni par conviction politique, ni par antisémitisme, mais tout simplement en obéissant aux règlements et en exécutant les ordres de la hiérarchie. Actuellement, des dizaines d'obscurs « Chefs de Service » décident des calibres de tomates ou de pêches qui seront envoyées à la décharge pour cause de surproduction. Pour eux, les milliers de tonnes de fruits qui finiront arrosées de mazout ont la seule apparence d'un chiffre et d'un code sur un listing mécanographique. En 1942-1943, Veillut ne faisait pas autre chose, il alimentait la machine de mort nazie et liquidait des centaines d'êtres humains au lieu de gérer des surplus de stock. Lécussan travaillait avec lui, au secrétariat administratif. Une équipe redoutable — la région qu'ils couvraient vient en tête de toutes les régions de France pour les déportations d'enfants juifs. Dans les autres préfectures, les gens essayaient de brouiller les cartes, de mettre les sbires de la Gestapo sur de fausses pistes. Pas à Toulouse. Veillut allait au-devant de leurs désirs. Par souci d'efficacité. Jamais il n'y aurait eu un tel massacre si les nazis n'avaient pas bénéficié de la complicité de nombreux Français. Ils ont même touché aux gosses de moins de deux ans qui étaient pourtant épargnés par les textes pétainistes…

— Mais le père de Bernard était un enfant à cette époque, il n'a pas pu être mêlé à tout ça.

— Roger Thiraud est né à Drancy, voilà le lien. Il est suffisant ! Pour occuper ses loisirs, il rédigeait une petite monographie sur sa ville natale, tu sais le petit livre que tu m'as confié. À part Crette de Paluel, Drancy n'avait pas de quoi retenir l'intérêt. Jusqu'à la création du camp de concentration qui l'a rendu tristement célèbre. Le père de Bernard lui a consacré un long chapitre ainsi qu'au projet initial des architectes d'édifier là une cité futuriste. Il a compulsé des centaines de documents d'architecture, des statistiques, des listes de noms. Et puis, un jour il a remarqué le nombre disproportionné d'enfants déportés depuis la région toulousaine. En historien conséquent, il s'est attaché à comprendre la raison de ce déséquilibre. Peut-être y avait-il une communauté juive importante, ou l'existence d'un centre de regroupement interrégional… Roger Thiraud s'est rendu à Toulouse, au Capitole d'abord,

puis à la Préfecture. Il a vite compris en étudiant le détail des documents classés à la cote DE, que la responsabilité du gonflement du contingent d'enfants incombait à un haut fonctionnaire toulousain chargé des Affaires Juives, identifié par ses seules initiales : A.V. Il est reparti pour Paris vraisemblablement décidé à trouver l'identité de cet inconnu. Malheureusement pour lui, Lécussan qui occupait le poste de Chef Archiviste était au courant de sa visite et de l'objet de ses recherches. Il a aussitôt averti Veillut qu'un historien s'intéressait de trop près à des documents explosifs.

Claudine m'interrompit.

— Mais, il n'y a pas eu d'enquête à la Libération pour déterminer les responsabilités de chacun ?

— Si, bien sûr. Veillut et Lécussan ne sont pas des idiots. Ils l'ont prouvé en restant insoupçonnables pendant plus de quarante ans. Ils ont senti, au début 44, que les grands moments de la collaboration touchaient à leur fin, qu'il faudrait bientôt rendre des comptes. Ils ont pris leurs distances avec Vichy et ils ont consacré leurs efforts à aider les réseaux de résistance. De la manière la plus voyante. À la Libération, Veillut a été décoré pour son courage ! Personne ne se serait permis de contester les mérites d'un héros arborant la rosette au revers de son pardessus. Depuis cette époque, Veillut n'a cessé de gravir les échelons : Secrétaire Général de la Préfecture de Bordeaux en 1947, Chef de cabinet du préfet de Paris en 1958. Au cours de l'année 1960 on lui a confié une mission secrète : constituer une équipe chargée de liquider les responsables F.L.N. les plus remuants. Ses activités se sont étendues à l'O.A.S. en 1961.

Je pris un abricot dans la coupe de fruits et poursuivis :

— ... Quand en 1961, Lécussan l'a prévenu des recherches menées par Roger Thiraud, le père de Bernard, Veillut a tout naturellement utilisé les compétences d'un de ses hommes, Pierre Cazes. Il a bien entendu omis de révéler le véritable motif qui présidait à l'exécution de Roger Thiraud. Le policier était encore persuadé, la semaine dernière, d'avoir mis fin aux activités d'un dangereux terroriste. En bon professionnel, Pierres Cazes a profité des troubles du 17 octobre 1961, la manifestation algérienne, pour remplir son contrat. Bernard, en voulant terminer le livre de son père, est parvenu aux mêmes conclusions sur les déportations d'enfants. Il a voulu vérifier les sources. Résultat, il a subi le même sort. Mais cette fois de la propre main de Veillut. Vingt ans après son père...

— Tu crois que toute cette histoire sera publiée dans la presse ?

Je ne pouvais pas lui répondre qu'on m'avait déjà ordonné de mettre la pédale douce. Au ministère, on préparait un scénario plus conforme à l'idée que les citoyens

devaient se faire des garants de l'ordre public.

— Ils ne sortiront peut-être pas tout, mais ils seront obligés d'en lâcher un bon morceau.

Claudine se pencha et se blottit contre ma poitrine. Je cessai de parler. Je lui caressai les cheveux, doucement, en la balançant de droite à gauche, comme pour la bercer, la rassurer. Le sommeil me surprit, bien plus tard, enveloppé par l'odeur de sa peau.

ÉPILOGUE

Lardenne regagna Toulouse sans moi. Je m'étais octroyé un jour de relâche. Claudine et moi étions sortis pour récupérer ma valise à l'hôtel. La station Bonne-Nouvelle se trouvait à quelques pas. Elle était en rénovation. Une dizaine d'ouvriers, grimpés sur des échafaudages, étaient occupés à arracher les couches successives d'affiches qui recouvraient les panneaux publicitaires. Plus loin, au bout du quai, deux autres ouvriers grattaient les carreaux de céramique blanche à l'aide de spatules métalliques.

En se déchirant, les papiers laissaient apparaître de vieilles réclames collées dix, vingt années auparavant.

Un couple de punks aux cheveux ras et colorés s'embrassait sous une affiche de Savignac vantant les bienfaits de l'huile Calvé, l'huile grasse et légère, cent pour cent végétale…

Un jeune cadre, attaché-case au poing, walkman aux oreilles, déambulait devant le slogan chantant d'une eau minérale. « Et badadi et badadoi… »

Claudine s'arrêta devant un coin de mur. Elle me montra un carré de céramique à demi recouvert de lambeaux de papier jauni qui résistaient aux efforts d'un travailleur algérien. On ne distinguait qu'une partie du texte mais le sens ne s'en trouvait pas affecté :

« … est interdite en France… coupable à être condamn… cour martia… lemande… personne qui porte… sortissants jui… peine allant jusqu'à la mo… éléments irrespon… à soutenir les ennemis de l'Allemagne.

… met en garde… coupables eux-mêmes et la population des territoires occupés

Signé le Militaerbefehlshaber Stülpnagel. »

Aubervilliers.
Janvier-février 1983.

BIBLIOGRAPHIES

De Didier Daeninckx

Aux éditions Gallimard :

Raconteur d'histoires (repris en « Folio », n°4112)

Itinéraire d'un salaud ordinaire (repris en « Folio », n°4603)

Petit éloge des faits-divers (repris en « Folio », n°4788)

Camarade de classe (repris en « Folio », n°4982)

La couleur du noir

Ceinture rouge précédé de Corvée de bois Nouvelles extraites de Raconteur d'histoires (« Folio 2 », n°4146)

Les figurants suivi de Cités perdues Illustrations de Mako (repris en « Folio », n°5024)

Galadio

À louer sans commission (« Frontières », n°4)

Mémoire Noire : Les enquêtes de l'inspecteur Cadin : Mort au premier tour - Le géant inachevé - Meurtres pour mémoire - Le bourreau et son double - Le facteur fatal (« Folio policier », n°594)

3 Nouvelles Noires : Tirage dans le grattage - À vol d'oiseau - Ah, que la montagne est belle ! En collaboration avec Chantal Pelletier et Jean-Bernard Pouy (« La Bibliothèque Gallimard », n°194. Lecture accompagnée par Françoise Spiess)

Dans la collection Série Noire

Meurtres pour mémoire (repris en « Folio policier », n°15 ; « La Bibliothèque Gallimard », n°35. Dossier pédagogique par Marianne Genzling ; « Écoutez lire », lu par Didier Flamand, Henri Courseaux et 8 comédiens ; « Classico Collège, n°4, Belin – Gallimard. Dossier de Sharmila Marius-Beaumont)
Grand prix de la Littérature Policière 1984 – Prix Paul Vaillant-Couturier 1984.
Le géant inachevé (repris en « Folio », n°2503 ; « Folio policier », n°71)

Prix 813 du Roman Noir 1983.
Le der des ders (repris en « Folio », n°2692 ; « Folio policier », n°59)

Métropolice (repris en « Folio », n°2971 ; « Folio policier », n°86)

Le bourreau et son double (repris en « Folio », n°2787 ; « Folio policier », n°42)

Lumière noire (repris en « Folio », n°2530 ; « Folio policier », n°65)

12, rue Meckert (repris en « Folio policier », n°299)

Je tue il... (repris en « Folio policier », n°403)

Leurre de vérité et autres nouvelles. Nouvelles extraites de Zapping (repris en « Folio 2 », n°3632)

Aux Éditions Actes Sud

Jaurès : Non à la guerre !
Illustrations de Tignous.

Aux Éditions Aden

Les corps râlent

Aux Éditions de l'Atelier

l'affranchie du périphérique

Aux Éditions Baleine

Nazis dans le métro (repris en « Folio policier », n°446)
Éthique en toc (repris en « Folio policier », n°586)
La route du rom (repris en « Folio policier », n°375)

Aux Éditions Cadex

Banlieue nord
Illustrations de Mako
Pleine lucarne
Collectif

Aux Éditions du Cherche-midi

La mémoire longue, textes et images 1986-2008
Daeninckx par Daeninckx

Aux Éditions Denoël

La mort n'oublie personne (repris dans « Folio », n°2167 ; « Folio policier », n°60)
Le facteur Fatal (repris dans « Folio », n°2326 ; « Folio policier », n°85)
Prix Populiste 1992.
Zapping (repris dans « Folio », n ° 2558)
Prix Louis-Guilloux 1993.
En marge (repris dans « Folio », n°2765)
Un château en Bohème (repris dans « Folio », n°2865 ; « Folio policier », n°84)
Mort au premier tour (repris dans « Folio policier », n°34)
Passage d'enfer (repris dans « Folio », n°3350)

Aux Éditions Hoëbeke

À nous la vie !
Photographies de Willy Ronis
Belleville-Ménilmontant.
Photographies de Willy Ronis

Aux Éditions Imbroglio

Levée d'écrou
Illustration de Mako

Aux Éditions Julliard

Hors-limites (repris en « Folio », n°3205)

Aux Éditions La Branche

On achève bien les disc-jockeys

Aux Éditions Liber Niger

Corvée de bois
Illustrations de Tignous.

Aux Éditions Manya

Play-Back (repris en « Folio », n°2635 ; « Folio policier », n°131)
Prix Mystère de la Critique 1986

Aux Éditions Oskar

Avec le groupe Manouchian. Les étrangers dans la résistance.

Aux Éditions Parole d'Aube

Écrire en contre, *entretien avec Christiane Cadet*

Aux Éditions Perrin

Missak

Aux Éditions Privat

Gens du rail
Photographies de Georges Bartoli

Aux Éditions Rue du Monde

Il faut désobéir
Illustrations de Pef

Missak, l'enfant de l'Affiche rouge
Illustrations de Laurent Corvaisier
Prix de la Presse des jeunes, du Salon du livre et de la presse jeunesse et du Syndicat de la presse des jeunes, Salon du livre et de la presse de jeunesse de Montreuil, 2009
Le maître est un clandestin
Illustrations de Jacques Ferrandez

Aux Éditions Syros

Le chat de Tigali, *Illustrations d'Antonin Louchard.*
Aux Éditions Terre de Brume
Le crime de Sainte-Adresse
Baraques du globe
Illustration de Didier Collobert

Aux Éditions Verdier

Autres lieux
Main courante
Les figurants
Le goût de la vérité
Cannibale (repris en « Folio », n°3290)
La repentie (repris en « Folio policier », n°203)
Le dernier Guerillero (repris en « Folio », n°4287).
La mort en dédicace (repris en « Folio », n°4828).
Le retour d'Atai (repris en « Folio », n°4329).
Cités perdues
Histoire et faux-semblants (repris en « Folio », n°5107)
Rue des degrés

Bandes dessinées :

Aux Éditions l'Association

Varlot soldat
Dessins de Tardi

Aux Éditions Bérénice

La page cornée
Dessins de Mako

Aux Éditions Casterman

Le der des der
Dessins de Tardi
Dernière station avant autoroute
Dessins de Mako

Aux Éditions EP

Carton jaune
Dessins d'Assaf Hanuka
Le train des oubliés
Dessins de Mako
Texas exil
Dessins de Mako

Aux Éditions Hors Collection

Hors limites
Dessins d'Assaf Hanuka (repris en « Folio », n°3205)

De Jeanne Puchol

Aux Éditions Futuropolis

Ringard !
Traquenards
Dessous troublants
La dernière rame

Machine célibataire
Récit de Frank

Aux Éditions Actes Sud-L'An 2
« Aux enterrements »
in Les Bonnes Manières
Collectif

Aux Éditions de l'An 2
Haro sur la bouchère !
La bouchère au bûcher

Jean Monnet, bâtisseur d'Europe
Récit de Catherine Cazalé

Aux Éditions Autrement
« Comme à la télé »
in Avoir 20 ans en l'an 2000
Collectif

Aux Éditions Casterman
Excusez-moi d'être une fille
Et avec qui je veux
Récit d'Anne Baraou
Le Docteur Petiot
Le Vampire
Récit de Rodolphe

Aux Éditions Delcourt
En collaboration avec Philippe Thirault :
« Abraham » *in* Les Enfants sauvés
Collectif

Aux Éditions Des Ronds dans l'O
« Enchaînées »
in En chemin elle rencontre
Collectif

Aux Éditions Dupuis
Jeanne d'Arc, tome 1, L'épée
Récit de Valérie Mangin

Aux Éditions Drugstore
Le Temps volé
Récit de Rodolphe

Aux Éditions PLG
Chimères

Aux Éditions 6 Pieds sous Terre
Les Jarnaqueurs
Récit de Michel Boujut

Jeanne Puchol souhaite remercier chaleureusement Étienne Robial
pour la première édition de la version illustrée
et Catherine Cazalé, Hélène Chantereau, Didier Daeninckx, Christian Frugoli,
Manuel Gérard, Hélène et Serge Puchol, Caroline Veith et Jean Capoulade
qui lui ont prêté les dessins originaux en leur possession.

http://www.futuropolis.fr
http://www.gallimard.fr/
http://jeanne-puchol.blogspot.com/

Éditeur : Alain David

Conception et réalisation graphique : Didier Gonord pour Futuropolis

Cet ouvrage a été imprimé en septembre 2011, sur du papier Munken Pure 130g.

Imprimé en Italie chez Lego.
Photogravure : Sphinx

Dépôt légal : octobre 2011
ISBN : 978-2-7548-0662-6
790177